KB077816

狂風霽月

광풍
제월

만상조 新무협 판타지 소설

FANTASTIC ORIENTAL HEROES

광풍제월 3

만상조 新무협 판타지 소설

초판 1쇄 찍은 날 § 2015년 11월 16일
초판 1쇄 펴낸 날 § 2015년 11월 23일

지은이 § 만상조
펴낸이 § 서경석

편집책임 § 김현미

펴낸곳 § 도서출판 청어람
등록번호 § 제387-1999-000006호
등록일자 § 1999. 5. 31
어람번호 § 제2-2611호

주소 § 경기도 부천시 원미구 부일로 483번길 40 서경B/D 3F (우) 14640
전화 § 032-656-4452 팩스 § 032-656-4453
http://www.chungeoram.com
E-mail § chungeorambook@daum.net

ⓒ 만상조, 2015

ISBN 979-11-04-90517-9 04810
ISBN 979-11-04-90462-2 (세트)

狂風霽月

광풍
제월

만상조 新무협 판타지 소설

FANTASTIC ORIENTAL HEROES

3

도서출판 청람

狂風霽月

광풍
제월

目次

第一章
조우

"음?"

소하는 자다가 눈을 번쩍 떴다. 이상했다. 한참 달콤하게 잠에 빠져 있었건만, 알 수 없는 기운이 자신의 몸을 덮는 것에 눈이 떠진 것이다.

뭉글뭉글한 기운. 그것은 마치 끈적한 액체처럼 온몸에 달라붙어 있었다.

"이건……."

소하는 조금 멀리서 음냐음냐 소리를 내며 자고 있는 이설에게 다가가 그녀를 흔들었다.

"저기요."

그러나 그녀는 고개가 돌아가는 것도 상관 않고 푸우 하는 긴 숨만 뱉어낼 뿐이었다. 워낙 하루가 힘든 화전민의 상황상 죽은 듯 잠을 잘 수밖에 없던 것이다. 소하는 결국 손을 떼며 문밖으로 나섰다. 일단 이 기운의 정체를 확인해야만 했던 것이다.

밤바람은 조금 쌀쌀했다. 소하는 옷을 툭툭 털며 앞을 바라보았다. 진한 어둠이 깔려 있었지만, 천양진기로 인해 강화된 소하의 눈에는 방립을 쓴 한 남자의 모습이 똑똑히 보이고 있었다.

그를 직접 본 뒤에야 소하는 자신이 느꼈던 이 기운이 무엇인지를 이해할 수 있었다.

'살기.'

키 작은 남자는 방립을 살짝 뒤로 기울이며 소하를 바라보고 있었다. 어둠 속에서 유일하게 움직여, 밖으로 나온 이가 바로 그였기 때문이었다. 어차피 그는 소하가 소변을 보거나, 잠이 깨 밖을 서성거리는 것이라 생각했다.

이곳을 전멸시켜 자신들이 다녀갔다는 증거를 인멸해야만 했기에, 그는 일단 소하부터 죽이기로 하고 손에 내공을 운집했다.

일반인의 몸은 연약하다. 일장을 쏘아내는 것만으로도 손쉽게 터져 버리리라. 그는 어리숙하게 고개를 두리번거리는 소하를 향해 손을 옮기려 했다.

소하가 한순간 자신의 앞에 도달하지 않았다면 말이다.

"뭣……!"

"누가 봐도 확실하네."

처음엔 망설였다. 혹시 다른 이들 간의 싸움이라면 자신이 굳이 간섭할 이유는 없었던 것이다. 그러나 지금 이자는 명백히 자신을 노리고 있었다. 그 뜻은, 곧 이 화전민들 전체가 위험해질 수도 있다는 뜻이었다.

쩌어어엉!

회전한 소하의 주먹이 그의 옆구리를 두들기자, 방립을 쓴 자는 크윽 하는 소리와 함께 땅을 박차며 허공에서 신형을 회전시켰다.

'대단한 경력……!'

그는 땅에 착지하며 저릿저릿한 옆구리의 감촉에 인상을 찌푸렸다. 소하가 펼친 공격에 일순간 적중당해 버린 것이다.

온몸에서 천양진기의 빛을 펼치고 있던 소하는 이내 기운을 거두며 입을 열었다.

"왜 이곳을 공격하려 하지?"

"적한테 일일이 존댓말을 쓸 거냐? 그럼 참 너를 존중해 주겠구나. 아, 저 녀석은 좀 예의라는 걸 배웠구나! 하고 네 배에 칼을 찌르겠지."

척 노인의 가르침을 다시 상기하며 소하는 온몸으로 내공을 회전시켰다. 그의 사소한 움직임 하나라도 놓치지 않기 위해서였다.

방립을 쓴 자는 신음을 뱉으며 양손을 허리 가까이로 옮겼다.

쿠우우우!

순간 허공이 울렸다.

은밀하게 쏘아낸 내공. 그의 손바닥에 실린 내공이 어둠을 가르며 소하에게로 날아들고 있었다. 대화할 마음은 진작부터 없었다는 뜻이다.

소하는 몸을 앞으로 굽혔다. 땅을 박차는 동시에 전신에는 다시 노란빛이 감돌았고, 천영군림보의 보법에 의해 소하는 장력이 자신에게 닿기도 전 남자의 앞에 도달해 있었다.

'뭐, 이리 빠른 놈이!'

그는 속으로 고함을 지르며 손바닥을 앞으로 쳐 냈다. 그가 익힌 마라장(魔喇掌)은 거리가 가까울수록 막대한 위력을 내는 장법이었다.

소하는 그의 오른손이 자신에게로 향하는 순간 고개를 옆으로 젖히며 그 공격을 피해냈고, 이윽고 무릎을 치켜 올려 그의 팔을 올려쳤다.

콰직!

팔꿈치가 비틀린다. 남자의 얼굴이 고통에 일그러지는 것을 본 소하는 즉시 땅을 손으로 짚으며 발을 세 번 앞으로 차냈다.

가죽 터지는 소리와 함께 밀려나는 남자의 방립이 풀려 나가 땅으로 떨어지고 있었다.

"으, 크윽!"

그는 숨을 내뱉으며 몸을 휘청거렸다. 마치 망치에 얻어맞기라도 한 듯 정신이 일순 아득해지며 욕지기가 올라왔던 것이다.

'강하다, 이놈……!'

그는 소하를 얕봤던 자신을 탓했다. 무림에 나오며 절대 적을 경시하지 않겠다 다짐했지만, 어리고 순진해 보이는 소하의 모습에 그만 방심을 해버린 것이다.

'이유를 알아내야 하나?'

소하는 소하 나름대로 생각에 빠져 있었다. 여기를 공격하려 하기에 대응한 것은 좋았지만, 그 후 이자를 어떻게 하느냐가 중요한 문제였다.

그리고 순간 위쪽이 밝아진 기분이 들었다.

소하가 고개를 들어 올리자, 멀리서 큰 산불이 일어나고 있었다. 분명 화전민들의 말에 따르자면, 그곳은 녹림당의 산적들이 있는 산채였다.

그것을 본 남자는 즉시 몸을 돌렸다.

그리고 뛰기 시작했다.

도주. 남자에게 있어선 명예에 금이 가는 치욕적인 행위였지만, 이곳에서 헛되이 시간을 소모하는 것보다는 낫다는 생각에 행동으로 옮긴 것이다.

떠나가는 그를 바라보던 소하는 이내 후우 하고 숨을 들이켰다.

쫓아가야 하는 것인지 고민이 되었다. 그러나 장고(長考)하기에는 시간이 없다. 산불을 낸 자들이 이곳으로 내려올 가능성이 있기 때문이었다.

타앗!

소하의 몸이 쏘아져 나갔다.

어둠속으로 사라진 남자의 모습을 따라 소하는 마치 찬란한 빛을 발하는 별처럼 어둠을 가르며 그에게로 질주하고 있었다.

*　　　　*　　　　*

"크, 흐억!"

거한은 들고 있던 대도를 땅에 내리꽂으며 숨을 토했다. 한창 거나하게 술판을 벌이고 있던 중이었다. 마을에서 가져온 곡식들, 그리고 다른 이들에게서 갈취해 온 물건들이 제법 되었기에 며칠은 충분히 여유롭게 보낼 수 있었다.

그러던 중 한 남자가 나타났다. 가사(袈裟)를 차려입은 자. 구척이 되어 보이는 키에 손에는 지팡이 하나만을 들고 있었다. 마치 무승(武僧) 같은 분위기를 풍겼다.

그리고 그자가 들어선 순간 산채에 피바람이 몰아쳤다. 그가 손바닥을 뻗는 순간 세 명의 부하가 고깃덩이가 되어 땅에 널브러졌고, 지팡이를 휘두르자 부하의 머리가 터져 나가며 피와 뇌수가 땅에 쏟아졌다.

"네놈… 대체, 원하는 게 뭐냐……."

그는 가쁜 숨을 내뱉으며 인상을 찌푸리고 있었다. 다리가 벌벌 떨린다. 단 한 명이 오십에 달하는 부하를 모조리 학살해 버렸기 때문이었다.

"궤(櫃)."

그것에 거한의 눈이 흔들렸다. 부하 몇몇은 이미 뒤쪽을 통해 도망치고 있었다. 자신을 지켜줄 자들은 존재하지 않는다는 이야기였다.

"너희가 갖기에는 지나친 물건이다."

그는 손을 내밀었다. 가지고 있는 걸 내놓으라는 뜻이었다. 덜덜 팔을 떨던 거한은 이내 품속에서 조그마한 묵빛의 상자를 꺼냈다.

어둠속에서도 그것은 더욱 진하고 어두워 보였다. 가사를 입은 자의 눈이 방립 아래에서 번득였다.

그는 궤를 받아든 뒤, 천천히 그것을 앞뒤로 돌려보았다.

"확실하군."

"그, 그러면 나는 살려……!"

콰악!

지팡이가 그의 입에 틀어박히며, 실린 내공이 머리를 안에서 부터 파괴했다.

눈이 뒤집어지며 그대로 절명하는 산적에게서 등을 돌린 무승은 이윽고 조용히 중얼거렸다.

"드디어 손에 넣었군."

그는 손바닥으로 느껴지는 차가운 감촉에 은은한 미소를 머금었다.

하지만 그것도 잠시, 그의 눈은 곧 다시 서늘한 한기로 가득 채워지고 있었다.

"쥐새끼들도 함께 오는가."

그는 아무것도 보이지 않는 암흑 속을 날카롭게 주시하고 있었다.

"가르쳐 주마."

그의 뒤쪽에서 불길이 더욱 세차게 타올랐다. 안에 마련되어 있던 기름에 불이 붙어 산채 전체가 화염에 휩싸이고 있는 것이다.

산 중턱에 마련되어 있는 산채가 활활 불타는 상황에 주변은 마치 강제로 아침을 열어젖힌 것만 같은 모습이었다.

"누가 이 세상에 빛을 열어줄 자들인지."

＊　　　　＊　　　　＊

"으음……."

이설은 고개를 비틀었다. 어디선가 추운 바람이 불어오고 있었다. 희미하게 눈을 떠보니 바깥으로 나서는 문이 조금 열려 계속 흔들리는 모습이 보였다.

더듬더듬 바닥을 짚은 그녀는 소하가 방에 존재하지 않는다는 사실을 깨달았다. 볼일이라도 보러 갔다면 문이라도 닫아줄 것이지, 라며 속으로 투덜거린 이설은 힘겹게 몸을 일으켜 문을 닫으려 했다.

"어?"

바깥이 묘하게 밝다는 사실을 눈치채지 않았다면 말이다.

그녀는 허둥지둥 밖으로 나서며 놀란 눈으로 위를 올려다보았다. 산채에 불이 붙은 광경, 잠귀가 밝은 화전민 몇몇도 밖으로 나와 있는 상황이었다.

이설은 앞으로 나서며 흙바닥에 나 있는 신발 자국을 보았다.

강하게 앞을 내리밟은 모양, 평범한 일상을 보내는 사람들이라면 절대 낼 수 없는 자국이었다.

'무공을 사용한 거야.'

누군가가 이곳에서 무공을 썼다. 게다가 혼자가 아니라, 다른 누군가와 격투한 흔적이 보이고 있었다. 이설은 눈썰미가 좋은 여인이다. 그녀는 작고 약간 좁은 발자국이 소하, 그리고 그와 마주 싸운 펑퍼짐한 발자국이 알 수 없는 침입자라는 것을 알아차렸다.

그리고 몇 걸음을 더 걷던 그녀의 눈이 아래에 뒹굴고 있는 방립으로 향했다.

방립을 집어 든 그녀는 그곳에 새겨진 독특한 무늬와 표식을 보았다.

"……!"

그 표식을 본 이설의 눈이 일그러졌다. 그녀는 이내 입술을 꽉 깨물며 고개를 돌렸다. 소하가 달려간 방향. 그곳은 불꽃이 솟아오르고 있는 산채가 있는 장소였다.

"그 녀석!"

하지만 이설은 소하가 있는 곳으로 무작정 달려가지 않았다. 그녀는 방으로 다시 들어가 자신의 단검과 몇 가지 도구를 챙겨 나왔고, 곧 다른 쪽으로 달리기 시작했다.

'산채를 누군가 습격했어.'

소하가 한 일일까? 그녀가 처음 떠올린 것은 소하가 자신이 떠나고 나서 산적이 화전민들을 괴롭히지 않도록 그들의 기반을 철저히 파괴한 것이 아닐까 하는 의문이었다. 그러나 그러려면 여기 있는 산적들을 몰살시켜야만 한다.

아까의 그 아이가 그런 잔혹한 성정(性情)을 지니고 있을까?

'제삼자가 습격해 온 것이라는 게 맞겠지.'

바로 이설이 여기에 잠입한 이유가 그러한 의문의 침입자에 대해 조사하기 위해서였다. 그녀는 빠르게 화전촌을 지나 옆쪽의 구불구불한 숲길 쪽으로 향했다.

손가락을 입에 집어넣고 불자, 휘익 하는 휘파람 소리가 들렸다.

푸스슥!

멀리서 누군가의 머리가 솟아오른다. 나뭇가지와 풀을 머리에 얹어놓은 모습을 한 사내의 몸에서는 오줌 지린내와 땀내가 뒤섞여 풍기고 있었다.

"보고해라."

"나타난 것 같습니다."

그 말에 수염을 파르라니 기른 남자는 눈을 들어 산채에 일어난 불꽃을 응시했다.

"지영파(智永派)의 절련검(切輦劍)이 출도했다고 하던데."

"그들일까요?"

이설의 물음에 남자는 고개를 저었다.

"너무 빨라. 다른 자들일게 분명하다. 일단 알아서 행동하도록 내버려 둬라. 우리에게 중요한 건……."

그는 수십 일간 이곳에 잠복해 있으면서 이설과 연락을 주고받던 자였다. 하오문의 정보는 이런 식으로 끈질기고 긴밀하게 주고받으면서 유지된다.

"그 묵궤(墨櫃)의 정체일 뿐이다."

이설은 담담히 고개를 끄덕였다. 그들의 무공은 약하다. 그렇기에 철저하게 신중을 기하면서 살펴야만 했다.

"알겠습니다."

"서두르고 있군."

수염을 기른 남자의 눈이 가늘어졌다.

"남자와 접촉했었지. 화전민 사람이 아니었다."

"떠내려 온 무림인이었어요."

"어떻게 확신하지?"

무림은 암투(暗鬪)의 공간이다. 서로가 서로를 믿지 못하고, 구밀복검(口蜜腹劍)한 자들이 차고 넘친다. 남자의 말은 이설도 충분히 이해할 수 있었다. 소하가 지금 불을 지른 자와 관련이 있고, 만약 그들이 찾고 있던 '궤'를 빼돌리려 한 것이라면?

"그럴 것 같지는 않았어요."

"호련(瑚璉)도 시들었나?"

그 말에 이설의 표정이 굳어졌다. 남자는 무시무시한 눈으로 그녀를 노려보고 있었다.

"정신 차려라. 무림에 있다면 무림의 행사(行使)를 알아야지."

그녀는 고개를 끄덕일 뿐이었다. 잠시 침묵이 흐른 뒤, 남자는 조용히 말을 덧붙였다.

"일단 움직여라. 산채 쪽을 감시하고, 여유가 된다면 잠입해라."

"알겠습니다."

이설 역시 몸을 날려 어둠 속으로 사라지고 있었다.

그녀를 잠시 바라보던 남자는 다시 풀숲 안으로 은둔하며 중얼거렸다.

"아직 어리군."

＊　　　＊　　　＊

"크아악!"

산채의 앞에서 도망치던 이들은 자신을 기다리고 있던 괴한을 만나 그의 칼날 앞에 쓰러지고 있었다.

독특하게 왼손에 길쭉한 칼을 쥔 채로 늘어뜨린 남자는 피풍의에 가려 제대로 보이지 않지만, 흉험한 눈빛을 내보이고 있었다.

"아무도 가지 못한다."

그들은 철저하게 은밀한 행동을 취해야 하는 입장이었다. 이들에게 자신들의 용모파기를 알려서는 안 되었기에, 모조리 죽이기로 마음먹은 것이다.

"으, 으윽⋯⋯."

이전 산채에 있던 자들은 모두 울상을 지을 수밖에 없었다. 힘의 차이가 역력하단 사실을 알게 되었을 뿐만 아니라, 저자가 자신들을 놔줄 거란 희망조차 사라져 버렸다.

처륭(凄隆)은 손이 벌벌 떨리는 것을 느꼈다. 진작 여기서 도망쳤어야 했다는 후회감이 가득 솟아오르고 있었다.

'그냥 농사나 짓고 살자니까!'

그는 으드득 이를 악물었다.

그 궤를 발견했을 때도 영 꺼림칙했다.

맹룡채의 채주, 녹림왕이라 불리던 이가 시천월교와의 싸움이 격해질 때에도 필사적으로 지키던 물건이다. 몰래 빼돌렸다고 해서 추적자가 붙지 않으리란 보장이 없었다.

더군다나 그것의 가치를 알아본 자들이 순순히 채주에게 돈을 주고 그 궤를 받을까? 무림은 철저한 힘의 논리로 지배되는 장소였다. 그럴 가능성은 적었다.

"유언은 남겼나? 그냥 죽기 억울하다면, 한 마디 정도는 허락하지."

그는 검을 늘어뜨린 채 흔들흔들 몸을 기울이며 산적들에게로 다가오고 있었다.

산적들은 벌써 전의를 상실한 지 오래였다. 다들 무기를 떨어뜨린 채 벌벌 떨고만 있을 뿐이었다.

그런데.

"음?"

피풍의를 입은 남자의 눈이 뒤로 향했다. 땅을 박차는 소리, 누군가가 이리로 오고 있다는 사실을 느낀 것이다.

"태다(太多), 뭐지?"

방립마저 사라진 채 동료가 도망쳐 오는 모습이다. 아직은 좀 거리가 있었지만, 뒤쪽에서 노란빛을 내는 누군가가 쫓아오고 있다는 사실을 알 수 있었다.

'복병이 있었나?'

그리고 그는, 태다라는 자신의 동료가 도착하자 인상을 쓰며 말했다.

"자리를 이탈하다니!"

"바, 반선(頒扇)! 예, 예상외의 일이 생겼다!"

뒤쪽의 저자가 그렇다는 말일까. 반선이란 자는 인상을 쓰며 검을 들어 올렸다. 일단 저 노란빛을 뿜어내는 자를 어떻게든 쓰러뜨려야만 했다.

"재빠른 놈이라… 왔군!"

태다는 즉시 손에서 마라장을 뿜어냈다. 그러나 쏟아진 장력은 땅을 격중시켜 폭발과 함께 흙더미를 위로 쏘아 올릴 뿐, 소하의 몸을 맞추진 못했다.

그 순간 반선의 손에 들린 검에서 번개 같은 검격이 쏟아져 나갔다.

이리저리로 꺾이는 검. 그것은 움직이는 소하의 궤도를 예측해 그를 노리고 있었다.

소하의 눈이 부릅떠졌다. 날아드는 검은 분명히 진득한 살기를 품고 있었다.

하지만 느리다.

소하는 고개를 젖히는 것으로 칼날을 피했고, 그 순간 손바닥을 위로 올려 검신의 궤도를 바꿨다.

"으윽?"

반선은 순간 자신의 팔이 저절로 끌려가는 느낌에 휘청거릴 수밖에 없었다. 그리고 그는 자신의 품으로 파고든 소하를 보았다.

'아직 어린 놈이!'

소하의 눈에 반선의 검은 너무나도 느려 보였다.

그가 평소 보았던 것은 천하오절의 검.

그에 비하자면 너무나 곧고 궤도를 예상할 수 있을 정도의 정직한 칼놀림이었다.

"반선!"

태다의 고함과 동시에 마라장이 쏟아져 나갔다. 소하는 몸을 비틀며 그것을 피해냈고, 그 덕에 반선은 겨우 자신을 노리는 주먹에서 몸을 피할 수 있었다.

"크윽!"

반선은 엉덩방아를 찧으며 인상을 찌푸렸다. 머리에 피도 채 마르지 않은 것만 같은 어린아이에게! 분노가 솟구쳐 올랐다.

"무림맹 놈들인가!"

반선은 재빨리 몸을 일으키며 자세를 잡았다.

소하는 땅에 달라붙다시피 미끄러지며 손으로 바닥을 짚었다.

'내가 생각보다 센 건가, 저 사람들이 약한 건가?'

소하에게 있어서 무림인들의 수준을 파악하기란 어려운 일이었다.

"세다, 약하다? 그런 기준이 어디 있겠냐! 센 놈도 잘 때 찌르면 죽어. 밥 먹다가 실수로 닭 뼈가 목에 걸리면 죽지. 그런 거 따지는 놈이 제일 약해 빠진 병신이다."

소하는 문득 마 노인의 말이 떠올라 푸우 하고 숨을 내뱉었다.

'잡생각이었네. 할아버지들 말이 맞아.'

그들이 느려 보인다고 해서 방심했다간 죽음을 맞기 십상이었다. 실제로 태대의 손에서 뻗어 나오는 장법이나 저 검법은 맞게 된다면 육체에 큰 상처를 입을 수도 있었다.

하지만 빨리 끝내야 한다. 소하는 위쪽에서 또 다른 자의 기운을 느끼고 있었다.

그자는 강했다.

소하는 숨을 크게 들이쉬었다. 눈을 살짝 돌리자, 벌벌 떨고 있던 처룡을 비롯한 산적들이 힉 소리를 내며 몸을 움츠렸다.

"나, 나으리. 살려주십쇼!"

"저희가 사, 산적이긴 하지만… 은혜는 갚습니다요!"

순진한 목소리들, 앞쪽에는 베여 죽은 네 명이 나뒹굴고 있었다.

'사람을 죽이는구나.'

소하는 눈을 돌려 태다와 반선을 주시했다. 피풍의를 걸쳐 그들이 어떤 자들인지는 알 수 없었다. 하지만 그들이 서슴없이 하던 행동에 소하는 깊게 숨을 내뱉을 수밖에 없었다.

"저 녀석, 권각을 쓴다."

태다의 말에 반선은 고개를 끄덕였다. 행동 하나하나를 주시해야만 했다. 예상보다 소하의 무공이 강했기 때문이었다.

그러나 소하는 몸을 낮추고 있었다. 또다시 땅에 달라붙듯 자세를 잡는 모습에 태다는 크게 고함을 지르며 장력을 발출했다.

"이제 방심하지 않는다!"

콰아아앙!

땅이 폭발하자 놀란 산적들이 서로를 부둥켜안으며 넘어지고 있었다. 그들에게 있어 내공을 응집해 장력을 쏘아낸다는 것 자체가 신기한 요술과도 같았기 때문이었다.

쏘아지는 소하의 몸에 반선은 즉시 검을 마주 휘둘렀다. 그의 모든 내공을 칼에 집중해 소하의 몸을 일격에 베어버리려는 심산이었다.

'이쪽이 더 길다!'

반선의 칼은 보통 칼보다 특히 몇 자 정도 더 길다. 그는 그 것을 이용해 소하의 몸을 바로 베어버리려 했던 것이다.

그러나 소하는 순간 오른손을 휘둘렀다.

카앙!

격한 쇳소리에 반선의 눈이 일그러졌다.

'검?'

소하는 아까, 산적 중 하나가 떨어뜨렸던 칼을 손에 쥐고 있었다.

'드디어 무기가 생겼네.'

이제까지는 천영군림보를 응용한 동작만으로 싸웠을 뿐이었다. 소하는 손에 느껴지는 단단한 칼자루의 감촉에 씩 웃음을 지었다.

천변만화(千變萬化).

"이… 놈……!"

쇄카가가각!

반선의 몸에 붉은 선이 그어졌다. 소하의 검을 이기지 못한 반선의 칼은 반으로 동강 났고, 단숨에 그의 상체가 갈라지며 붉은 핏물이 솟아올랐다.

비명을 지르며 튕겨 나가는 반선의 모습.

태다는 창졸간에 일어난 일에 당황해 장력을 마구잡이로 쏘아내려 했다.

쯔컥!

소하의 뒤꿈치가 태다의 관자놀이를 후려쳤다. 호쾌한 돌려

차기에 순간 공중에 붕 뜬 태다는, 이윽고 소하의 칼날이 허공에 은색 궤적을 남기는 것을 보았다.

"크아아악!"

비명과 함께 나가떨어지는 모습에 산적들은 모두가 어안이 벙벙한 모습으로 눈을 둥그렇게 뜰 뿐이었다.

소하는 후아, 하는 소리를 내뱉으며 천양진기를 해제했다.

입가에는 희미한 미소가 감돌고 있었다.

"방심하면 안 되죠."

반선과 태다가 의식을 잃고 쓰러지자 소하는 즉시 몸을 돌렸다. 이제 산채의 중심부로 향해야만 했다.

'뭔가가 있어.'

이들이 전부가 아니었다. 산채의 위쪽, 불타고 있는 곳에는 무언가가 분명 존재하고 있었다. 그리고 소하는 그것이 진정 이곳에 자리하고 있는 위협 중 가장 위험한 것이라는 사실을 느꼈다.

그리고 그 순간.

'온다.'

소하는 그자가 자신을 알아봤다는 느낌을 받았다.

뭉클거리는 악의가 물결치며 자신에게로 향해오기 시작했다.

"도망가요!"

고개를 돌리며 외치는 소하의 목소리에 처륭을 비롯한 산적들은 어찌할 바를 모르고 있었다. 무공이 강한 자들은 이미 몰살당한 뒤였고, 지금 남은 이들은 그야말로 어중이떠중이라 할 수 있는 무리들이었다.

"어서!"

소하의 고함에 뒤늦게 정신을 차린 처륭은, 다급히 산적들을 이끌고 산을 내려가기 시작했다.

"가, 가자!"

헐레벌떡 그들이 멀어지는 모습에 소하는 인상을 쓰며 허공을 올려다보았다.

"나를 알아챘는가."

나무 위에는 가사를 입은 무승 하나가 올라서 있었다.

중심을 잡는 것조차 힘든 위치였지만, 그는 아무렇지도 않다는 듯 지팡이를 들어 허공에 저으며 중얼거렸다.

"어린아이로군."

그는 태다와 반선이 쓰러져 있는 것을 보고는 허어 하고 깊게 숨을 토했다.

"중원에도 이러한 자들이 있는가……."

소하는 그가 말하는 것에 신경을 기울이던 중, 쥐고 있던 검을 슬쩍 주시했다.

헐겁다.

칼자루와 날밑이 금방이라도 분해될 것같이 약해져 있는 상태였다.

백연검로를 펼치기에는 검이 너무나 모자랐던 것이다.

그리고 아주 잠시 소하의 눈이 검을 향한 순간, 무승은 나무를 박차며 내공을 발에 집중했다.

꾸우우웅!

무거운 소리와 함께 땅에 내려선 그는 엄중한 태도로 소하를 바라보고 있었다.

"안타깝구나."

지팡이의 끄트머리에 달린 고리들이 서로 부딪쳐 짤랑거리는 소리를 냈다.

"아이를 죽이는 건 기분이 좋지 않다만."

쏴아아악!

소하는 순간 눈을 부릅떴다. 그의 몸이 일순간 커지는 듯하더니 어느새 자신의 지척에 다가와 지팡이를 휘두르고 있었던 것이다.

소하는 칼을 들어 올려 지팡이를 막았다.

카아앙!

그 순간, 소하는 칼이 기울어지며 날이 자루에서 뽑혀 나가는 것을 보았다.

"크윽!"

동시에 그대로 몸을 뒤로 튕기며 땅을 뒹군 소하의 손에는 산적들이 떨어뜨린 검 하나가 다시 쥐어져 있었다.

뻗어나가는 여덟 개의 검격. 무승은 소하의 공격을 받아치며 낮은 신음을 흘렸다.

"흠! 꽤나!"

무승이 백연검로의 초반 초식 중 정주로(整株路)를 받아치는 것에 소하는 인상을 찌푸렸다. 직선적인 공격을 쏟아내는 초식이기는 했지만, 저런 식으로 가볍게 공격을 읽고 막아낼 줄은 몰랐기 때문이었다.

'세다.'

마치 힘이 꽉 응축된 철퇴 같은 느낌이었다. 지팡이가 다시금 쇄도해 오는 것에 소하는 그것을 올려치며 땅을 세차게 밟았다.

세 개로 분열되는 소하의 모습에 무승은 다시 숨을 내뱉으며 비어 있던 왼손을 허공에 뻗었다.

콰아아아!

장력이 쏘아져 나가며 소하의 몸을 두들겼지만, 그것은 이윽고 연기처럼 사라지며 옆쪽에서 소하의 모습을 다시 이루어내고 있었다.

소하는 내공을 실은 발로 무승의 옆구리를 세차게 걷어찼지만, 이내 자신의 정강이가 아파오는 것에 인상을 찌푸리며 물러설 수밖에 없었다.

무승은 옆으로 한 걸음을 물러서며 방립 아래로 이글거리는 안광을 뿌렸다.

그가 익힌 금강야차공(金剛夜叉功)은 고절한 외가기공이다. 도검불침(刀劍不侵)의 경지까지는 아니더라도, 저런 물렁한 쇠로 만든 칼날이나 피륙의 공격쯤은 아무렇지도 않게 튕겨내 버릴 수 있었다.

그러나 그는 의외의 충격을 느꼈다.

'이건……'

경력이 내부로 침투했다. 소하의 발차기를 맞은 순간 각혈이 밀려 올라왔던 것이다.

천영군림보는 발의 움직임과 내공 분배에 가장 큰 신경을 쓴 보법이다. 자연스레 그는 환열심환에 어린 극양기를 몸으로 받아낸 것이나 다름없었다.

'뭐지? 이 아이는?'

무승은 내심 의문이 일었다. 이 정도의 실력이라면 방심해서는 안 된다. 무림맹이나, 유명한 문파나 세가의 자제일 가능성이 높았다.

"무림맹인가?"

"아까도 그걸 물어보던데."

소하는 다리의 아픔이 가라앉을 동안 시간을 끌기로 마음먹으며 말을 이었다.

"그게 뭔지도 몰라."

"흠……."

무승은 그 말을 믿지 않았다.

어차피 죽고 죽이는 상황이다. 서로 간에 말을 주고받아도 그걸 온전히 믿는 자를 멍청하다 해야 하겠지.

그는 지팡이를 들어 온몸에서 내공을 은은하게 뿜어냈다.

옅은 녹빛이 그의 몸을 감돈다.

"더 이상 시간을 소모하지 않겠다."

'나 역시.'

소하는 무승의 말에 자세를 낮추며 미간을 찌푸렸다.

강하다. 하지만 지금 자신이 여기서 도망치면, 저자가 화전민들이나 다른 사람들에게 무슨 해를 끼칠지도 모르는 일이었다.

더군다나 소하는 그들이 아무렇지도 않게 죽인 자들을 보았다.

"암(唵)!"

순간 그의 온몸에서 녹색 연기가 치솟아 오르며 지팡이가 찔러 들어왔다.

강렬한 기운!

소하는 인상을 찌푸리며 즉시 몸을 휘돌렸다.

째애앵!

칼날이 부서진다. 무승은 조금 전 소하의 검이 자신의 공격에 간단히 부서지는 것을 똑똑히 보아 알고 있었다.

'아직 무기를 사용하는 데에 미숙하다.'

소하는 이제까지 노인들이 깎은 목검과 목도만을 사용했다. 더군다나 그들은 내공을 거의 사용하지 않은 채 소하와 대련했기에, 내공을 무기에 싣는다는 것이 소하에게는 익숙하지 않던 것이다.

'경험의 부족!'

무승은 그렇기에 자신의 승리를 확신했다.

소하의 눈을 보지 않았다면 말이다.

무승은 미간을 일그러뜨렸다.

이상했다. 무기가 부서졌고 찰나에 죽음을 맞을 수도 있는 상황이었다. 당연히 그의 얼굴에 절망의 빛이 떠올라 있어야만 했다.

그러나 소하는 자신에게로 다가오는 무승을 차분히 바라보고 있었다. 마치 성운(星雲)이 담긴 듯한 그 눈빛에 그는 저도 모르는 한기가 등을 떠도는 느낌이었다.

'나를 보고 있다?'

그의 움직임은 신묘하다는 말이 어울릴 정도로 재빨랐다. 하지만 소하의 눈은 그의 궤적을 완벽하게 뒤쫓고 있는 상황이었다.

소하는 손목을 튕겨 들고 있던 검을 공중에 던졌다. 무승이 지팡이로 그것을 쳐 내자, 소하는 쭉 밑으로 꺼지면서 빠르게 다리로 땅을 훑었다.

"마(麼)!"

쿠우우웅!

순간 연기가 어리며 무승의 몸에 충만한 내공이 감돌았다. 소하의 공격을 튕겨내 버린 것이다. 극성으로 펼쳐 낸 금강야차공의 위력이었다.

소하는 그 반동으로 튕겨 나가는 순간 손을 땅으로 뻗었다.

잡는다.

"다시 무기를……!"

소하가 잡은 건 우미도였다. 산적이 떨어뜨린 마지막 무기. 하지만 무승은 이번에도 자신의 지팡이로 그의 무기를 부숴 버리리라 생각하며 지팡이를 휘둘렀다.

소하의 전신에서 노란빛이 솟구쳐 나왔다.

'천양진기, 이식!'

콰아아아앗!

사라졌다.

소하의 몸은 마치 번개가 된 양 뻗어나갔고, 단숨에 지팡이의 궤적을 회피하며 도를 들어 올렸다.

굉천도법.

순간 무승은 눈을 부릅뜰 수밖에 없었다. 조금 전 소하가 펼쳤던 것은 분명 도가(道家) 계열의 검공이었다. 그렇기에 그가 무림맹의 인물이 아닌가 의심했던 것이다.

그러나 이번에는 다르다.

'이… 무슨 패력(覇力)……!'

콰콰콰콰콰콰!

굉천도법의 열공(裂空)! 사방을 모조리 찢어버리는 섬뜩한 도식이 소하의 손에서 펼쳐지며 마구잡이로 무승의 몸을 두들겼다.

금강야차공의 방어마저도 약해지고 있었다.

걸음이 밀려나며 몸이 멋대로 흔들린다. 그러던 중, 밀려나던 무승은 자신의 품속에서 굴러 나온 묵색의 궤를 보았다.

"이런……!"

그의 고함. 그러나 그 순간 소하의 도격이 불길처럼 그의 어깨와 가슴을 두들겼다.

콰아아아앙!

"크학!"

그의 입에서 기어코 핏물이 터져 나왔다. 무승은 뒤로 주르륵 밀려나며 고개를 뒤흔들었고, 소하는 팔이 찢어지는 고통에 인상을 쓰며 계속해서 공격을 퍼부었다.

노란빛이 마치 불꽃처럼 번진다.

소하의 공격에 금강야차공이 점차 깨져 나가고 있는 것이다.

"니(扼)!"

무승은 방립이 벗겨지는 것에도 상관 않고 고함을 내질렀다. 그 순간 그의 온몸에서 내공이 쏟아져 나오며 소하를 두들기고 있었다.

양손으로 내장과 급소를 막은 소하는 뒤로 튕겨 나가며 하늘하늘 땅으로 착지했다.

몸에서 연기가 피어오르며 사라지는 천양진기의 기운에 소하는 후욱 숨을 내뱉으며 앞을 바라보았다.

무승의 코와 입에서 핏물이 주르륵 흘러내리고 있었다. 당연했다. 전혀 생각지도 못한 공격이 수십 번이나 몸을 타격한 탓이다.

"음……!"

그는 몸을 일으키며 인상을 썼다. 소하가 이리도 강할 줄은 몰랐던 것이다.

"규율에 어긋나나… 이렇게 된 이상!"

그의 손이 모아진다. 기운을 펼쳐 보이려는 것이다.

그런데.

"거기까지다!"

갑작스레 들려온 고함에 무승과 소하의 눈이 옆쪽으로 향했다. 풀숲과 나뭇가지 사이를 뚫고 나오는 세 명의 무림인이 보였다.

영웅 건을 둘러맨 젊은 무인 하나가 경쾌하게 검을 겨누며 고함을 질렀다.

"사마외도(邪魔外道)의 무리들!"

순간 무승은 이마를 꿈틀거렸다. 여기서 적의 증원이 오는 것은 바라지 않던 일이었다.

"반선, 태다!"

그의 고함에 의식을 잃었던 자들이 겨우 몸을 일으키고 있었다. 피투성이였지만 어떻게든 운신(運身)이 가능해 보였다.

"물러난다!"

순간 반선과 태다의 눈이 옆쪽의 궤를 향해 머물렀다. 굴러서 어둠속으로 사라져 버리는 모습. 그러나 이를 꽉 악물던 무승은 고개를 저었다.

태다의 손에서 마라장이 쏟아져 나왔다. 앞쪽에 서 있던 영웅 건을 맨 자가 순간 당황하며 움찔거렸고, 그러자 옆쪽에 서 있던 키가 큰 무인이 양손을 뻗었다.

"홉!"

폭발과 함께 사방으로 번지는 먼지에 소하는 휘청거리며 앞을 주시했다. 무승은 몸을 돌리며 소하를 죽일 듯이 노려보고 있었다.

땅을 박차며 사라지는 세 명의 모습. 소하는 위험이 사라진 것을 알자 흐늘거리며 땅에 한쪽 무릎을 꿇었다.

"우아, 죽겠네."

그리고 폭발이 사라진 곳에서는 고통스런 표정을 짓고 있는 무인과 그 뒤에서 당황한 채 주변을 둘러보고 있는 남녀 한 쌍이 있었다.

*　　　　*　　　　*

"영오(英悟)! 괜찮나?"

그 말에 도복을 입은 남자는 휘청거리며 고개를 끄덕였다. 태다의 마라장은 지금의 그가 막아내기에 조금 버거웠던 것이다. 속에서 올라온 핏물을 옆으로 뱉어낸 영오는, 이윽고 그들이 도주했음을 알아채고는 깊은 숨을 내뱉었다.

"고수였네. 위험했어."

"아마도 마지막 힘을 짜낸 것이겠지."

영웅 건을 두른 남자는 그리 말하며 납검했다. 산채에 어린 불이 더욱 거세지며 산으로 옮겨 붙고 있었다.

"일단 아래로 내려가세. 아까 그 소저에게도 말을 물어……."

영웅 건을 두른 남자의 눈이 동그랗게 변했다. 뒤쪽에 서 있던 여인의 모습이 사라진 것이다. 그녀는 화급히 앞으로 달려가며 소하의 팔을 붙잡고 있었다.

"괜찮으신가요?"

소하는 자신의 팔을 부여잡는 여인의 손에 고개를 슬쩍 들어 올렸다. 그곳에는 검은 머리를 늘어뜨린 미인이 자리해 있었다.

'이 상황에서도 예쁜 사람은 예쁘다는 생각이 드네.'

소하는 내심 자기도 어쩔 수 없다는 쓴웃음이 일었다. 쿨럭 쿨럭 기침을 토해내자, 여인은 소하의 팔을 부축하며 입을 열었다.

"장 소협. 도와주세요."

그는 고개를 끄덕이곤 영오의 어깨를 툭툭 두드린 뒤 소하에게로 다가와 그를 부축했다.

"소협, 위험했었소."

그 목소리에 소하는 숨만 내뱉을 뿐이었다. 일단 회복에 전념해야만 했다.

산을 내려가는 도중, 소하는 앞쪽에서 급히 달려오는 여인을 보았다. 이설이었다.

"야! 괜찮아?"

놀라 소하를 붙드는 모습에, 영웅 건을 두른 남자는 소하를 내려놓으며 그녀에게 말했다.

"소저의 일행이오?"

이설은 그제야 이들을 알아보곤 다급히 고개를 끄덕였다.

"네, 정말 감사드립니다!"

영웅 건을 두른 남자의 입가에 미소가 걸렸다. 그림으로 그린 듯한 우아한 웃음이었다.

"힘이 있는 자가 해야 할 당연한 일이오."

그런 남자를 뒤에서 마뜩잖게 바라보고 있던 여인은 이윽고 눈을 돌려 산을 바라보았다.

"산에 불이 붙었군요."

이제 거대한 불꽃으로 변해 버린 뒤였다. 검은 연기가 솟구치고, 나무들이 삼켜진다.

"다른 곳까지 옮겨 붙지 않기를 바랄 수밖에."

영오란 자는 그리 말할 수밖에 없었다. 이제 인력(人力)으로는 저 불을 진화하기 어려운 상태였기 때문이었다.

화전민들은 모두 밖으로 나와 그 불을 바라보고 있었다. 웅성거리는 모습. 어제까지만 해도 기세등등하게 그들을 수탈하던 산적들의 산채가 몽땅 타버렸으니 당연한 일이었다.

화전민들의 앞에는 어쩔 줄 몰라 하고 있는 산적들이 서 있었다.

"산적들이로군요."

여인의 눈에 경멸의 빛이 떠올랐다. 화전민들의 상태는 이곳을 지나면서 보았다. 이런 이들을 무력으로 제압해 곡식을 빼앗아간다니, 그들을 당장에라도 처벌하고 싶은 심정이었다.

"아이고, 죽겠네."

이설은 품속에서 소하가 숨을 내뱉으며 상체를 일으키는 것에 당황한 표정을 지었다. 조금 전까지만 해도 죽을상을 짓고 있더니, 이제 다 나았다는 듯 팔을 휘적휘적 젓고 있는 게 아니겠는가.

"이제 괜찮아요."

소하는 그리 말한 뒤 화전민들 쪽을 바라보았다. 산적들은 소하의 시선에 움찔거리며 얼른 그에게 다가서고 있었다.

처륭이 황급히 앞으로 나서며 그에게 입을 열었다.

"으, 은공(恩公)을 뵙니다!"

그의 목소리에 소하는 한숨을 푹 내뱉을 뿐이었다.

"괜찮으세요?"

"네, 네! 다행히도 다친 자는 별로 없습니다. 은공이 아니었다면 모두……."

말을 늘어놓던 처륭의 앞에 소하의 손이 디밀어진다. 말을 막은 것이다. 당황한 처륭의 뒤로, 중년 여인이 황급히 달려오는 모습이 비쳤다.

"이, 이설 처녀! 도와줘!"

이설과 소하의 눈이 동그랗게 변했다. 뭐지?

그러자 중년 여인은 팔을 뒤흔들며 소리를 쳤다.

"채 씨 애가 나오려고 해!"

*　　　　　*　　　　　*

"왜 우리가……."

영웅 건을 두른 남자, 장처인(張處璘)은 입 밖으로 불만을 투덜거리며 물이 든 대야를 들어 옮기고 있었다.

"어려운 이는 도와야지요."

여인이 그리 말하는 것에 장처인은 인상만 쓸 뿐이었다. 그는 생각처럼 일이 풀리지 않은 것에 조금 불만이 있던 참이었다.

'제대로 활약도 못 했군.'

원래라면 저 여인의 앞에서 자신이 익힌 지영검법(智永劍法)을 멋지게 펼쳐 보여야만 했다. 하지만 산적들은 대부분 몰살당한 뒤였고, 호령해서 겁을 주어 다른 이들에게 본보기를 보였어야 하는 산적들은, 여러 잡다한 기구들을 이리저리 옮기느라 분주했다.

"저쪽에다 놓으세요!"

"알겠습니다요!"

이설의 외침에 산적 몇 명이 부랴부랴 농기구를 챙겨 들고 치우기 시작한다. 아이를 받기 위해서 집을 비우고 공간을 넓히느라 나온 짐들을 다른 곳에 정리하고 있는 것이다.

자리가 마련되자 이설은 팔을 걷어붙이며 안으로 향했다. 일단 중년 여인들이 경험이 있기에 아이를 받는 과정을 주도하겠지만, 도울 수 있는 일이 있다면 힘을 보태려 한 것이다.

"저……."

여인의 목소리에 이설은 고개를 돌렸다. 그녀는 정말 청초(淸楚)하다는 말이 어울리는 미인이었다. 살짝 내려간 눈꼬리에 고운 분홍빛 입술. 저도 모르게 이설은 자신의 푸석푸석한 피부가 부끄러워질 지경이었다.

"저희가 도울 게 있을까요?"

"아, 그건……."

영오는 묵묵히 주민들과 함께 산불을 살피고 있었고, 장처인은 물이 담긴 대야를 가져오는 길이었다. 이설은 잠시 고민하다 이윽고 고개를 끄덕였다.

"그럼, 함께 와주세요."

소하는 진작 마당에 자리해 있었다. 중년 여인들이 아이를 받아내는 동안 그는 주변에서 대야와 각종 수건들을 받아 안으로 전달하는 중이었다.

"으.으.으.윽……!"

"좀 더! 숨쉬고!"

찢어지는 신음이 울렸다. 중년 여인들은 부산을 떨며 소리를 질렀고, 소란이 채 씨의 집을 가득 울리고 있었다.

'하지만.'

이설은 눈살을 찌푸렸다.

그녀는 상황이 안 좋게 흘러가는 것을 느끼고 있었다. 채 씨의 몸이 너무나도 약했던 것이다. 아이를 낳는 데에 힘을 다 써버리면 모체(母體)는 결국 사망할 수밖에 없다.

이설의 옆에서 상황을 지켜보던 여인의 눈이 가늘어졌다.

"잠시만……!"

그녀는 다급히 안으로 들어서며 양손에서 내공을 피워 올렸다. 순간 사방에 청량함이 감돌며 모두의 어깨에 선선한 기운이 올라앉았다.

이설의 눈이 동그랗게 변했다.

'이건… 비형청사공(琵熒淸瀉功)!'

그녀도 알고 있는 무공의 모습이었다. 자연스레 이설의 눈이 집중하고 있는 여인에게로 향했다.

그러나 잠시 뒤 여인은 고운 아미를 찌푸릴 수밖에 없었다.

'아직 내가 익힌 정도로는……!'

그녀는 자신의 내공을 채 씨에게 불어넣어, 그녀의 몸을 조금이라도 편하게 해주려 했던 것이다. 그녀가 익힌 비형청사공은 그러한 효능을 가진 내공심법이기도 했다. 하지만 그 힘이 모자랐다. 공부의 모자람은 곧 내공심법의 기운을 제대로 낼 수 없게 만든다.

채 씨의 고개가 힘없이 옆으로 휘돈다. 입에서는 바람 빠지는 소리만이 새어 나올 뿐이었다.

"힘 줘!"

중년 여인의 고함에 채 씨는 손목만을 바들바들 떨 뿐이었다. 억지로 천을 엮어 붙잡을 것을 만들어놓았지만, 그녀의 아귀힘이 약해져 제대로 쥐지도 못하는 형편이었다.

"애가 있잖아!"

중년 여인의 고함이 집을 울렸다.

"살아야지! 죽어도, 죽어도 살아야지!"

그 말에 다들 숙연한 표정을 지을 뿐이었다.

채 씨는 전력을 다해 몸에 힘을 주고 있었지만, 오랫동안 제대로 먹지도 못했던 그녀에게 있어선 지금 상황이 최선이었다.

이내 숨은 멈춘다.

"채 씨!"

눈에 힘이 풀리며 들어 올렸던 상체가 내려앉으려 했다.

그 순간.

문이 열리며 소하의 모습이 드러났다.

당황하는 이설과 여인의 사이로 손을 뻗는다.

놀란 여인은 그것을 저도 모르게 쳐 내려 했지만, 소하의 손에 어린 노란 기운에 숨을 삼킬 수밖에 없었다.

'이건!'

채 씨의 옆구리로 손을 뻗은 소하는 곧 자신이 가진 천양진기의 구결을 따라 그녀의 몸에 조심스럽게 내공을 불어넣기 시작했다.

"왜 네 상처가 잘 낫냐고? 내공이 심후하니까. 내공이면 다 돼."

마 노인은 소하를 신나게 두들겨 팬 이후 그렇게 말했다. 옆에서 물을 벌컥벌컥 들이켜던 척 노인도 마찬가지였다.

"극양기는 육체를 재생시키고 생기를 불어넣는 데에 가장 알맞은 힘을 가진 기운이다. 네게 있어선 행운이라고 할 수 있지."

환열심환이 내준 것은 극양의 기운.

소하의 손에서 흘러나온 힘이 일순간 채 씨의 몸을 달궜다.

순간 방 안이 고요해졌다.

중년 여인도 놀란 눈으로 앞을 바라보고 있었다.

"…윽."

숨소리.

그 순간 채 씨는 천을 꽉 휘어잡았다.

"좀, 좀 더!"

다시 이어진 중년 여인의 고함에 이설과 여인의 눈이 소하에게로 돌아갔다.

아이의 울음소리가 들린다.

환호성을 지르는 여인들.

소하는 땀이 잔뜩 어린 얼굴로 씩 웃었다.

"다행이다."

＊　　　　＊　　　　＊

"내월당(耐月堂)의 금하연(錦河演)이라고 합니다."

청초한 여인은 자신을 그렇게 소개했다. 이설의 방 안에 앉은 세 명의 무인과 일단 이야기를 주고받기로 했던 것이다.

"아, 봉옥(峯玉) 소저셨군요!"

이설의 목소리에 금하연은 살짝 미소를 지어 보였다. 그녀의 무명을 아는 사람이 이곳에 있을 줄은 몰랐기 때문이었다. 그러자 뒤에서 장처인이 우쭐거리는 표정으로 말을 이었다.

"나는 지영파의 절련검 장처인이라고 하오."

"최근 마두(魔頭)를 물리치고 다니신다는 협객 분까지!"

이설의 경쾌한 반응에 장처인은 기분이 좋아진 듯 하하하 웃음을 터뜨렸다. 계속 대야를 들고 돌아다니는 것에 조금 불만이 있었던 그였지만, 이설이 눈치 빠르게 이리저리 아첨을 해 주자 곧 눈 녹듯 감정이 풀린 모습이었다.

"본인은 천인방(天人房)의 영오라고 하오. 앞서의 두 분들과는 달리 이름 없는 소졸(小卒)이오."

쓴웃음을 짓는 영오의 목소리에 소하는 의문이 생겼다. 분명 소하가 보기엔 장처인의 무공보다 영오의 무공이 더 강하게 느껴졌던 것이다. 마라장을 막아내고 잠시 힘들어하긴 했지만, 금방 평소처럼 움직이는 모습을 보여준 그였다.

"하하! 영 동생도 곧 대단한 별호가 생길 걸세."

장처인이 어깨를 두드리는 것에 영오는 희미하게 웃어 보일 뿐이었다.

'저 사람이라면 일어나지도 못했겠지.'

아마도 실력을 숨기는 다른 이유가 있을 것이다.

무림은 신기한 곳이었다.

소하는 귀를 긁적이다 이윽고 세 명의 시선이 자신에게 머무는 것을 느꼈다.

"소협도 고생하셨소. 무림인이신 것 같던데… 어떤 무명을 가지고 계시오?"

"없는데요."

그 말에 장처인은 고개를 끄덕였다. 무림에서 무명, 별호를 가지기 위해선 사람들의 인정과 활약이 필요하다. 소하의 모습은 이제까지 본 적이 없었고, 사실 무공도 그렇게 뛰어나 보이지 않았다.

'뭐, 그냥 시골에서 갓 출도한 풋내기겠지.'

장처인은 가볍게 그리 생각했다. 그는 소하와 무승의 싸움을 제대로 보지도 못했고, 소하가 일방적으로 그에게 공격당하다 자신들에 의해 목숨을 구한 것이라 생각하고 있었기 때문이었다.

소하는 그런 장처인의 생각이 빤히 보이는 것 같아 속으로 헛웃음을 지었다.

'이런 사람들이 정말 있네.'

"처음 보면 무시하는 놈들이 많을걸? 그럴 때 두 가지 중 하나를 골라라. 처음부터 인상을 빡 써서 무시를 못 하게 하던가, 그 놈은 그러라지 하고 네 할 일을 하던가. 참고로 후자가 편하다."

마 노인의 말에 옆에서 세 노인이 격렬하게 고개를 붕붕 끄덕였던 것에 분명 깜짝 놀랐던 기억이 있었다.

소하는 굳이 그들에게 자신의 무공을 자랑하고픈 마음도 없었고, 그냥 이 상황은 이설처럼 그에게 아첨을 하는 게 나을 것 같아 보였다.

"그럼 혹시 사문(私門)은 어떻게 되시나요?"

금하연의 목소리에 소하는 음 소리를 내었다. 사문? 사실대로 천하오절이라고 대답하면 모두가 미친놈 보듯이 쳐다볼 것만 같은 기분이 들었다.

"그것도 딱히……."

소하의 말에 다들 입을 꾹 다물 수밖에 없었다. 그리고 얼마 뒤, 장처인은 하하 웃음을 터뜨리며 소하에게 말했다.

"무림행에 있어 그런 게 무어 중요하겠소. 소협이 시간을 끌어준 덕에 마두들을 물리칠 수 있었고, 덤으로 산적들까지 궤멸되었으니."

웃음 짓는 그를 보며 금하연은 뒤에서 살짝 한숨을 지었다. 사실 장처인을 포함해 세 명이 한 것은 없다시피 할 지경이었다. 산채에 불을 낸 건 마두들이었고, 그 마두들 역시 그들이 출현하자마자 도망을 쳤다.

'아마도 그걸 자신의 공으로 하려는 것이겠지.'

장처인은 자신의 명성을 조금이라도 더 드높이고 싶어 하는 자였다. 그렇기에 여기서 미리 못을 박아두는 것이나 다름없었다. 모든 공은 자신들의 것이라는 이야기다.

그녀는 장처인의 행동이 부끄러웠다. 소하의 얼굴이 어떤 식으로 변할지 생각만 해도 귀가 화끈거리는 느낌이 들었다.

"이야~ 진짜 세 분 덕에 살았죠."

금하연의 눈이 동그랗게 떠졌다. 예상과 다르게 소하는 씩 웃으면서 고개를 끄덕여 대고 있었다.

"하마터면 죽을 뻔했다니까요."

"다 천운(天運). 하늘이 돕는 게 아니겠소. 하하!"

장처인과 말을 자연스레 주고받고 있는 소하의 모습에 뒤쪽에서 이설 역시 조금 표정을 굳히고 있었지만, 이내 능청스레 소하가 받아넘기는 것에 당황한 표정을 지었다.

'이 녀석, 뭐야.'

금하연과 이설은 소하가 채 씨에게 펼쳤던 내공을 기억하고 있었다. 그 찬란한 빛은 분명 평범한 내공도 아닌 데다 자신의 내공을 타인에게 아무런 거부 없이 전달할 수 있다는 것에서 그가 내공을 다루는 수준이 높다는 것을 알 수 있었다.

그러나 함부로 끼어들 수도 없는 노릇이다. 소하와 장처인은 이어서 여러 이야기를 나누었다. 지영파에서 나온 장처인은 무림행을 나선 뒤, 각지에서 마음이 맞는 일행을 만나 그들과 함께 무림을 떠돌고 있는 모양이었다.

"사실 무림맹의 싸움에 참여하고 싶었지만, 아무래도 우리들이 관여하기엔 너무나 큰 싸움이었소."

장처인은 아쉽다는 듯 혀를 차며 중얼거렸다. 무림맹의 결사대는 철저히 명문의 고수들로만 이루어져 있었다. 그렇기에 중소 문파인 지영파나 천인방의 인물들이 끼어들기는 어려웠던 것이다.

"그럼 시천월교는 어떻게 되었나요?"

소하의 물음에 장처인은 고개를 끄덕였다.

"음. 아무래도 이제 끝물이라고 해야 할 것이오. 요충지의 분타가 모조리 사라졌고, 잔당들이 모이긴 했지만 고수들은 대부분 죽은 뒤니까. 시천마가 살아 돌아오지 않는 이상 회생은 불가능하다고 생각되오."

자신의 판단력과 전망을 보는 눈을 은근슬쩍 자랑하는 모습이었다.

소하는 문득 아릿한 감정이 들었다.

'그렇구나.'

노인들의 마지막 목소리가 떠올랐다.

그들이 목숨을 걸고 열어준 길은 결국 소하를 이리로 인도했던 것이다.

"저 산적들은 괜찮겠소?"

문득 침묵이 어리자 그 사이에 영오가 말을 꺼냈다. 그는 문틈으로 보이는 산적들을 주시하고 있었던 것이다.

처륭을 비롯한 산적들은 갈 곳을 잃었다. 들어보니 그들은 녹림당의 잔존 세력이 여러 곳을 헤맬 때에 먹고 살기가 너무나 힘들어 산적이 된 무리들이라고 했다.

"여기서 일을 시키려 해요."

"뭐?"

이설은 저도 모르게 목소리가 높아진 것을 알고는 합 입을 다물었다. 소하의 말에 다들 당황한 건 매한가지였다.

"일손도 모자라다 했고, 저 사람들도 알고 보면 다 농민 출신이었기도 하구요."

"괜찮겠소?"

영오는 그리 말하며 미간을 찌푸렸다.

"아무리 그렇다고 해도 저들이 악행을 저질렀다는 사실은 변하지 않소."

소하는 엉덩이를 뒤로 옮겨 문을 밀어 연 뒤 말을 이었다.

"뭐, 이대로 관에 보내기도 그렇잖아요? 그렇죠? 처륭 아저씨."

"그, 그렇습니다!"

바깥에서 초조한 표정을 짓고 있던 처륭은 냉큼 대답했다. 사실 무공을 제대로 익힌 것도 아닌 데다 배가 곯는 게 싫어 산적이 되었던 그들로서는 이대로 관에 잡혀가는 걸 바라지 않았다.

그러던 와중 소하가 제안을 한 것이다. 화전민들은 안 그래도 밭을 넓히고 있던 차였다. 그들이 군말 않고 이들을 돕는다면, 일한 만큼의 식량을 분배받을 수 있다는 이야기였다.

화전민들은 당연히 마음에 들어 하지 않았다. 어제까지 자신들을 수탈하던 산적 일당을 그 누가 받아주겠는가.

"앞으로는 아저씨들에게 달렸어요."

처륭은 어젯밤 소하에게 달려와 눈물을 흘리며 싹싹 손을 빌었다. 관에 잡혀가면 산적이란 이유로 바로 참형을 당할 수도 있는 처지였다.

그렇기에 어제 채 씨의 출산을 돕는 것에 산적들이 부산하게 움직였던 것이다.

"알겠습니다. 은공… 감사합니다. 감사합니다!"

처륭이 땅에 이마를 부딪치며 절하는 것에 소하는 얼른 손사래를 쳤다.

"아니, 뭘 또 그렇게!"

처륭을 비롯한 산적들이 일제히 이마를 땅에 찧으며 감사를 표하는 것에 이설은 헛웃음을 뱉었다. 무도(無道)해 보이는 이들은 아니었다. 원래 다들 농사꾼 출신이었던 데다가 소하의 무공을 본 뒤라 그의 말에 거역할 마음은 조금도 없는 모양이었다.

"특이한 걸 다 보네."

그러나 기분이 나쁘지 않았다.

*　　　　*　　　　*

"그럼, 어디로 갈 참이오? 함께 해도 괜찮소만."

조금 더 이곳에서 시간을 보낸 뒤, 세 명은 다시 떠나기 위해 짐을 챙겼다. 금하연은 화전민들에게 보탬이 되었으면 좋겠다면서 자신이 가지고 있던 돈을 조금 건네주었고, 그 덕에 화전민들은 곡식을 살 수 있게 되어 진심으로 감사를 표하고 있었다.

"아뇨, 전 나름대로 알아보고 싶은 게 있어서요."

"아쉽소. 유 동생과 좀 더 이야기를 하고 싶었건만."

벌써 그런 사이가 된 장처인과 소하였다. 소하는 씩 웃으며 고개를 끄덕였다.

"나중에 다시 뵙게 된다면 인사드릴게요."

장처인은 웃으며 고개를 끄덕였고, 영오와 함께 몸을 돌렸다.

소하는 금하연이 자신에게 다가오는 것을 보았다.

"장 소협을 잘 대해줘서 고마워요, 유 소협."

"아니에요. 도와주신 게 감사하죠."

그런 말을 남기고 그녀가 떠날 것이라 생각했지만, 금하연은 소하를 빤히 바라보며 서 있었다.

'내 비형청사공으로도 무리였었어.'

그녀가 익힌 내가기공은 인체의 치유와 활성화에 특화된 무공이다. 그러나 그것으로도 채 씨의 숨을 다시 되돌리는 것은 불가능했건만, 소하는 자신의 내공을 불어넣는 것으로 그녀를 살렸다.

"소협의 힘 덕에 사람을 살릴 수 있었어요. 그런데… 저희가 무례하게 대해서 정말 죄송해요."

그녀는 소하가 힘을 숨기고 있다 생각했다. 사실 그때 소하가 보여줬던 내공이라면, 장처인을 당장 송장으로 만들어도 무방한 정도의 수준이었던 것이다.

그러나 소하는 씩 웃었다.

"저 혼자였다면 늦었을 거예요."

은근한 목소리에 부끄러운 듯 금하연의 하얀 뺨에 홍조가 생겨났다.

소하는 금하연이 비형청사공으로 채 씨의 목숨을 어떻게든 붙여둔 덕에 자신이 그녀를 도울 수 있었다 말한 것이다.

"다정하시군요."

그녀는 빙긋 미소를 지었다. 이후 아이를 낳고 난 뒤에도 채 씨는 다행히 무사하게 지내고 있는 상황이었다. 소하의 극양기와, 이후 금하연이 자신의 내공으로 채 씨의 몸을 잘 풀어줬기 때문이었다.

'이 소협에게는 장 소협이 신경 쓰는 일들은 아무것도 아닌 모양이야.'

소하는 공을 노릴 생각이 없었다. 화전민들에게 새로운 일손을 붙여주었고, 채 씨가 무사히 아이를 낳았다. 그것만으로 충분했다.

금하연은 문득 고개를 들어 말을 걸었다.

"이후 다시 만난다면, 그때는 소협의 진짜 모습을 보고 싶네요."

살포시 웃는 모습. 소하는 미인인 그녀가 웃자 마치 주변에 꽃이 피어나는 것 같다는 생각이 들었다.

공손히 인사를 올린 후 이내 금하연까지 떠나가자, 이설은 소하를 슬쩍 보며 픽 웃음을 흘렸다.

"아주 홀렸네, 홀렸어."

"미인이니까 당연하죠!"

이설은 후우 소리를 내며 자신의 짐을 들어 올렸다.

"정말 괜찮아?"

"그럼요. 저 사람하고 친해둬서 나쁠 것도 없고, 저한테는 상관도 없는 일이니까요."

소하가 장처인의 속내를 모를 리가 없었다. 그러나 소하는 별 욕심이 없었다. 자신은 제대로 그 무승을 이기지도 못한 데다 어찌 되었든 화전민들은 무사했기 때문이다.

"이제 가실 거죠?"

이설도 자신의 임무가 끝났기에 움직이려는 것이다. 그녀의 목적은 '궤'의 감시. 그리고 그것을 노리는 '누군가'를 확인하는 일이었다.

"응, 넌 어쩔 거야?"

"전… 알아보고 싶은 게 있어요."

천하오절에 대한 이야기들.

소하에게 가장 먼저 떠오른 건 다름 아닌 자신의 집, 유가장이었다.

다시 집으로 돌아간다. 그것이 철옥에 갇혔을 때부터의 오랜 꿈이었다.

'하지만 아직은.'

지금은 그럴 수 없었다. 노인들이 열어준 길, 그것을 위해서라도 일단은 무림을 한번 돌아봐야겠다는 생각을 한 것이다.

"그럼… 하오문에 가볼래?"

이설은 자신이 하오문 출신이라는 것을 소하에게 선선히 밝혔다. 정보를 취급하는 곳이니, 소하가 얻고 싶어 하는 정보를 알아내는 데도 수월할 것이다.

"그럼 좋죠."

웃는 소하의 모습에 이설은 씩 웃으며 고개를 끄덕였다.

"그럼 결정! 같이 가자."

멀리서 화전민들이 손을 흔들어 주고 있었다.

산적들 역시 어깨에 농기구를 짊어진 채 손을 흔들고 있었다. 겉모양이나마 어떻게든 섞여 들어간 느낌이 들었다.

"괜찮겠죠?"

소하의 물음에 이설은 흠 소리를 냈다. 화전민들은 자주 이동해 다닌다. 이곳에 정착하기란 어려운 일이었고, 아마 금하연이 건네준 돈도 금방 동나고 말 것이다.

확신할 수는 없었다.

"다들 의지가 있는 사람들이니까."

이전 소하는 채 씨에게 들렀을 때를 떠올려 보았다.

그녀는 어제와는 조금 달라 보였다. 처음 봤을 때의 시체와도 같던 표정에는 약간이나마 생기가 감돌았고, 두 눈은 처음으로 소하를 마주 바라봐 주었다.

"정말 감사합니다."

채 씨는 아기를 안은 채 그리 말했다.

두 눈에 고인 눈물. 그녀는 평온하게 품속에서 잠들어 있는 아이를 보물처럼 감싸 안았다. 갓 태어나 쭈글쭈글한 모습이었지만, 소하는 그 모습에 왠지 모르게 안도가 되는 것을 느꼈다.

그녀는 앞으로도 살아가려 할 것이다.

"얼마 정도 걸려요?"

"걸어서? 한참이야, 한참. 무림이 얼마나 넓은지 모르는구나."

으악 소리를 내는 소하의 모습을 보며 킥킥 웃던 이설은 문득 앞을 바라보며 떠나기 전 들었던 내용을 떠올려 보았다.

"그자를 주시해라."

하오문의 일접영(一蝶影)이라 불리는 남자는 손에 든 궤를 천천히 품속에 넣으며 말했다.

그는 소하에 대해 신경을 쓰고 있었다.

이설은 의문이 들었다. 그녀 역시 소하의 무공이 딱히 강할 것이란 생각을 하지 않았던 것이다.

"자세히는 보지 못했지만, 예감이 든다. 그자의 행보가… 적어도 작지는 않을 것 같군."

그는 이제까지 타고난 직감으로 하오문의 높은 직위까지 오른 자였다. 직접 소하를 감시하고 싶었지만, 그는 지금 자신이 주운 이 궤를 하오문 본영에 전달해야만 하는 임무가 있었다.

그렇기에 이설에게 대신 그것을 맡긴 것이다. 소하가 흔쾌히 받아줘서 망정이지, 만약 거절했다면 어찌 그를 따라가야 할지 곤란했던 이설이었다.

'속이는 건 기분이 좋지 않지만.'

그래도 소하를 돕겠다는 건 거짓이 아니었다. 그가 무엇을 찾든, 이설은 최선을 다해 자신이 알고 있는 정보상들과 소하를 연결해 줄 생각이었다.

그녀는 머리를 긁적였다. 그리고 그것 외에도 자신이 알아낸 정보 역시도 골치가 아팠다. 아마 곧 여러 문파들에게도 퍼져나갈 것이다.

'서장(西藏) 세력이 나타나다니.'

그녀가 주운 방립에 그려져 있던 문자들. 그 특이한 방식은 분명 서장무림(西藏武林)의 무인들이 사용하는 것이었다.

시천월교가 몰락한 것이 얼마 지나지 않은 일인데, 갑작스레 나타나지 않던 외세의 세력마저 모습을 드러낼 줄이야.

갑작스런 일들과 조우하는 것은 반갑지 않다. 이설은 푸우 하고 길게 한숨을 내쉬며 고개를 들어 올렸다.

어느덧 정오가 되니 햇볕이 뜨겁게 머리를 내리쬐고 있었다.

소하는 눈을 들어 올렸다.

넓고 길게 펼쳐진 길. 다듬어지지 않아 거칠고 투박하기 이를 데 없었지만, 끝이 보이지 않았다.

'이제부터.'

진짜 무림행이 시작되는 것이다.

소하는 노인들의 얼굴이 다시 떠올랐다. 그들에게 부끄럽지 않은 삶을 보내기 위해서라도, 나아가야만 했다.

하늘은 넓고 푸르게 펼쳐져 있었다.

*　　　　　*　　　　　*

"큭."

무승은 신음을 흘렸다.

소하에게 당한 상처가 제법 깊이 남아 있었기 때문이었다. 반선과 태다 역시 붕대를 온몸에 둘둘 감아놓은 처지였다.

"궤는 어떻게 되었지?"

그의 물음에 반선이 재빨리 대답을 올렸다.

"저희를 바라보던 눈이 사라졌습니다."

그 말은 원하는 것을 전부 얻었기에 이들에게 볼일이 없어졌다는 소리이기도 했다. 그것에 무승은 흠 소리를 내며 숨을 내뱉었다.

"쫓아야 한다."

"하지만 몸은 괜찮으시겠습니까."

태다의 말에 무승은 고개를 끄덕였다.

"육신의 상처에 사사로이 얽매여 있을 것이었다면, 중원에 올 일은 없었다."

다들 그 말에 고개를 끄덕일 뿐이었다. 일단 반선과 태다는 무승이 상처를 치료할 동안 사방으로 돌아다니며 정보를 수집한 뒤였다. 화전민과 함께 있다가 사라진 청년, 소하가 그 궤를 가졌을 가능성이 가장 높았다.

"하오문이 개입해 있다는 소문입니다."

"어차피 추종향(追從香)은 뿌려두었다."

그는 자신의 품에 있는 조그마한 향갑(香匣)을 꺼내 보이며 말했다. 궤를 빼앗길 가능성도 염두에 두었던 것이다.

"일단 방향을 맞춰 따라간다. 우리에게 있어 가장 중요한 건… 궤의 내용물이니까."

"알겠습니다."

떠날 채비를 하는 반선과 태다, 그들이 있는 곳은 어느 야산 중턱에 있는 동굴이었다.

'반드시 되찾아야만 한다.'

그것은 그들, 서장무림인들에게 있어 다시금 중원에 진출할 수 있도록 해줄 발판이기도 했다. 무승 역시 그 진면목에 대해서는 잘 알지 못하지만, 그가 모시는 이들이 간절하게 찾는 데에는 분명 이유가 있을 것이었다.

뿌드득……

이를 꽉 악문 무승은 두 눈에서 마치 번갯불 같은 안광을 발하며 중얼거렸다.

"두 번은 당하지 않는다."

第二章
하오문

　"훈도 대사의 백보신권(百步神拳)이 펼쳐진 순간, 천인공노할 마교의 주구(走狗)들이 비명을 지르며 쓰러진 게 아니겠소! 그러자 이야~ 마교 놈들은 무릎을 꿇고 울기 시작한 게지!"

　부채를 펼치자 촤라락 하는 소리와 함께 구경하고 있던 모두의 눈이 저절로 흔들렸다. 워낙 감칠맛 있는 목소리로 이야기를 하고 있던 터라, 조그마한 동작들 하나하나까지 주시하는 재미가 있었다.

　"그러자 곧 무림맹의 대협! 팽가의 맹호(猛虎)이자 전 무림에 그 도법을 혁혁히 알린 팽역령 대협의 오호단문도가 펼쳐져서 그 작자들을 모조리 몰살시켰소! 자비를 구걸하는 놈들도 있었지만, 그는 용서하지 않았지!"

"암, 그래야지! 그놈들이 우리한테 한 짓이 있는데!"

소리를 지르며 손을 흔드는 중년인은 코끝이 빨갛고 입가에서 술 냄새가 감돌고 있었다.

그가 맞장구를 치자 이야기하는 자는 더욱 신이 났는지 마치 자기가 팽역령이 된 듯 허공에 손을 이리저리 휘저으며 말을 이었다.

"그것뿐이랴! 천협검파의 검수들은 전 무림에 그 이름이 높은 충천검(衝天劍)을 아낌없이 선보였고, 무림맹의 모든 무인이 한마음 한뜻으로 힘을 모았소. 이것이야말로 정의! 우리들이 지금 두 다리 뻗고 잘 수 있는 이유가 아니겠소!"

"옳다!"

손을 흔드는 사람들의 얼굴에 열기가 가득 올라 상기되어 있었다.

"쟨 저기서 뭘 하고 있는 거야."

이설은 앞에서 손을 흔들고 있는 소하를 보고는 한숨을 푹 내쉬며 그쪽으로 다가갔다.

지금 이곳은 운남(雲南).

함께 길을 떠난 지 열흘 정도가 지나자 얼추 도시가 제대로 이루어진 곳에 다다를 수 있었다.

잠시 이설이 할 일들을 처리하고 오는 동안 주변에서 놀고 있으라 했지만, 저렇게 열성적으로 이야기를 듣고 있을 줄은 몰랐다.

"백보신권이 뭔가요?"

"아! 그거 좋은 질문이지! 백보신권이란 무엇인가!"

부채를 좌악 펴며 얼굴을 신비스럽게 가린 이야기꾼은, 이윽고 모두의 초롱초롱한 눈을 보며 헛기침과 함께 이야기를 시작했다.

"소림의 비전절기이자 전설 속의 무공으로, 백 보 밖의 상대도 단숨에 격중시켜 일격에 극락으로 보낼 수 있다는 무공이오! 자그마치 무림의 삼나한(三羅漢)조차도 제대로 익히지 못한, 어마어마한 절기지!"

다들 무림인들을 자주 보기는 하지만, 이런 신기한 이야기들을 제대로 접할 기회는 없었기에 이야기꾼들의 이야기에 귀를 기울이곤 했다. 물론 이설은 그게 대부분 과장과 허풍으로 이루어져 있다는 사실을 알기에 한숨만 푹푹 내뱉을 뿐이었다.

한 가지를 더 물어보려는 소하의 뒷덜미를 냉큼 부여잡은 이설은 소하가 뭐라 할 틈도 주지 않고 그를 잡아 얼른 뒤로 향했다.

"누, 누나! 잠깐만!"

"잠깐은 무슨, 돈을 헛 쓰지 마."

소하는 이미 이야기 값으로 동전 몇 푼을 넘겨준 뒤였다. 이야기꾼은 여전히 과격한 동작과 함께 시천월교와 무림맹의 싸움을 묘사하는 데에 열중하고 있었다.

"너 거기 있었다면서? 뭘 그리 열심히 듣고 있어."

이설의 물음에 소하는 히히 웃으며 옆머리를 긁적였다.

"도망치느라 제대로 본 게 없어서요."

물론 소하도 이야기꾼의 말이 과장되었다는 사실은 알고 있었다. 그래도 이야기를 듣고 있자면 무림의 협객들이 어떤 모습으로 싸웠는지 절로 상상이 되었던 것이다.

"진짜 돈 많이 벌 만하네요."

사람들이 우글우글 모여 동전을 던져주고 있는 판국이다. 이설은 그걸 빤히 바라보다 고개를 젓고는 걸음을 옮겼다.

"됐고, 일단 밥이나 먹자. 제대로 먹어본 지가 언젠지 모르겠네."

"거기서도 미음이었으니……."

지금 이설은 하오문 분타에 연락해 활동비를 비롯한 소정의 돈을 받아온 뒤였다. 이미 자신이 가지고 있던 자금은 거의 동난 상태였기 때문이었다.

"이 누님이 오늘 밥은 사주마."

"오늘은 안 빌려도 되겠네요."

소하는 지금 빌린다는 명목으로 그녀의 돈을 함께 쓰고 있는 상황이었다. 내심 미안하기도 했지만, 돈이 한 푼도 없었기 때문에 손을 벌려야 했다.

그들이 선택한 건 마을의 구석에 있는 자그마한 객잔이었다. 벌레가 윙윙 날아다니는 것에 소하는 손을 내저어 그것들을 쫓으며 입을 열었다.

"여기가 맛있어요?"

"싸."

단숨에 소하를 납득시킨 이설은 자리에 앉으며 점소이를 불렀다. 따스한 날씨에 탁자에 기대 졸고 있던 점소이가 이내 눈을 껌벅이며 그들에게 다가왔다.

"뭘 드릴까요?"

"소면 두 그릇이랑 어향육사(魚香肉絲). 차는 이후에 시킬게요."

"예이."

인사를 올리며 점소이가 물러갔다. 소하는 사람이 아무도 없는 고적한 객잔의 모습에 고개를 돌리다 이내 물이 든 잔을 들어 올려 입으로 부어 넣었다.

"그럼, 얼마 정도 남은 거예요?"

"널 바로 본문(本門)에 데리고 갈 수는 없어. 나도 그렇게 높은 사람이 아니니까."

따라서 그녀는 가장 큰 분타가 있는 곳 중 하나인 사천(四川)으로 그를 데리고 가려는 생각이었다. 어차피 정보를 사려는 것이라면 그곳에서도 부담 없이 찾아볼 수 있기 때문이었다.

"네가 알고 싶어 하는 게 뭔지는 모르겠지만, 가면 아마 알 수 있을 거야."

소하는 자신이 알고 싶어 하는 것을 말해주지 않았다. 당연한 일일 것이다. 그 마음을 알기에 이설도 섣불리 질문을 하지 않았다.

점소이가 볶은 콩을 먼저 가져다주자 소하는 그것을 젓가락으로 집어 입에 넣으며 오독오독 씹고 있었다. 벽곡단만 먹던 이전과 비교하면 천국이라 할 수 있을 정도로 맛이 강하게 입

안에 맴돌고 있는 상황이었다.

"그거 먹고 그렇게 행복해하다니……"

일단은 식사를 마친 뒤 주변에서 쉴 곳을 찾고, 하루 정도를 이곳에서 머문 다음에 이동할 생각이었다. 이제까지 계속 걷기만 한 데다 제대로 된 곳에서 쉬지도 못한 터라 여독(旅毒)을 풀 시간이 필요했다.

문이 열리는 소리가 났다. 뒤쪽에서 다른 손님이 들어온 것이다.

"어?"

소하의 목소리에 이설은 고개를 돌렸다. 그곳에 있는 것은, 아까 그 이야기꾼이었다. 그런데 상태가 좀 이상했다. 모자가 벗겨져 터럭이 얼마 남지 않은 정수리가 보였고, 어깨와 팔 부근의 옷자락도 찢어져 버린 뒤였다.

"시원한 물 좀 주시오."

그는 그리 말하며 에구구 소리를 내었다. 그러다 소하와 눈이 마주쳤고, 그는 소하를 알아보며 아, 소리를 내었다.

"아까 경청(傾聽)을 해주던 젊은 손님이로군. 덕분에 여기서 요기는 할 수 있게 됐네."

그는 동전을 흔들어 보이며 씩 미소 지었다. 소하는 그것에 고개를 갸웃거릴 수밖에 없었다.

"아까 보니 제법 많이 버셨던데요?"

"아니, 그게……"

그는 찜찜하다는 듯 소하와 이설의 눈치를 보다가, 이내 자그마한 목소리로 말을 이었다.

"싸움에 참가한 작자가 있었다더군. 내 말이 다 거짓말이라면서 벌컥 화를 내길래, 그만 평소대로 놀렸더니만… 칼을 뽑아 들어서 말이야."

그는 민망하다는 듯 작게 중얼거렸다. 말인즉슨, 허풍을 지나치게 떨다가 그게 들켜서 도망 왔다는 소리다. 아마 옷들도 그러던 중 군중들에게 붙잡혀 실랑이를 벌이다 찢어진 모양이었다.

"이야기가 재밌었으면 됐지. 그게 가짜든 진짜든 상관이 있는 건가."

그는 툴툴거리며 점소이가 가져온 물을 쭉 들이켜고 있었다.

"잘하시던데요."

소하가 말하자 그는 붕붕 고개를 끄덕여 보였다.

"내 이야기 늘어놓는 데에는 재주가 있지!"

"그게 거짓말이라는 게 문제겠네요."

소하의 말에 이야기꾼은 축 처져서 이내 탁자에 머리를 박았다.

"끄응… 한몫 좀 잡아보나 했더니만."

뭐, 당장 요기할 돈은 있으니 문제는 없으리라. 소하와 이설은 그에게서 관심을 끊고 점소이가 가지고 나오는 요리를 기다리려 했다.

콰앙!

"여기 있었군!"

갑작스레 들려온 외침에 이야기꾼은 화들짝 놀라며 자리에서 일어났다. 그곳에 있는 건 서슬 퍼런 칼을 들고 있는 남자 두 명과 그를 따르는 자들 셋이었다.

"이 거짓말쟁이 놈! 감히 의협(義俠)의 싸움을 간사한 헛바닥으로 비웃었겠다!"

"아, 아니. 그게 아니오! 그냥 난 그 멋진 싸움을 많은 사람이 알았으면 하는 생각에……!"

"문답무용! 이 천검문(天劍門)의 후예이자 비전인 삼절룡검(三絶龍劍)의 전수자인 천검협(天劍俠) 대협께서는 네놈을 용서하지 못한다!"

옆에 서 있는 자는 그렇게 호통을 치며 검을 들고 있는 남자를 주시했다.

"대협! 혼쭐을 내버리시지요!"

갑작스레 소란이 번졌다. 점소이가 당황해 눈을 동그랗게 뜨는 모습. 이설은 이내 허어 하고 한숨을 내뱉었다.

"시대가 어느 땐데 저런 짓거리를 하고 있지."

객잔에서 제멋대로 활개 치는 건 정말 낡은 짓이다. 운남이기에 망정이지, 만약 다른 곳이었다면 단박에 다른 무림인의 칼을 맞고 말았으리라.

"대, 대협! 제가 잘못했습니다요! 제발 목숨만은……!"

"음!"

천검협이라는 자는 검을 그의 목에 디밀며 눈살을 찌푸렸다.

"간사한 뱀 같은 자로군. 그 혀를 다시는 함부로 놀리지 않을 텐가?"

"그, 그렇습니다요!"

이야기꾼이 발작이라도 하듯 꿈틀거리는 것에 천검협은 이내 찌푸린 얼굴로 말을 꺼냈다.

"그러면 그 더러운 혀로 번 돈을 모조리 꺼내라! 그것을 압수하는 것으로 끝내지."

"결국 그게 목적이었구만."

천검협을 비롯한 다섯 명의 고개가 동시에 돌아갔다. 그곳에선 이설이 한숨을 푹 내쉬며 다리를 꼰 채로 까닥대고 있었다.

"뭐지, 계집?"

이설의 눈가가 꿈틀거렸다. 무림에서 여자라고 무시해 대는 종자들, 안 봐도 뻔한 작자들이었다.

"천검문의 비전절기는 황룡검(黃龍劍). 그리고 그 후예는 지금 무림맹의 시척사(始躑司)로 있는데, 그쪽은 대체 어느 천검문의 후예신가?"

그 말에 남자들의 몸이 굳었다. 천검문이란 전대 무림에 사라져 버린 신비문파 중 하나였다. 그렇기에 당연히 모두가 제대로 알지 못하는 곳이기도 하고 말이다.

이설은 그들의 굳어진 표정을 비웃으며 중얼거렸다.

"잡는 자세나 다리를 보니 무공도 익히지 않은 분들인 듯싶은데, 애꿎은 사람 괴롭히지 말고 집으로 가시죠. 무뢰배들아."

"입이 경망하구나, 계집 주제에!"

이야기꾼은 졸지에 밀려나며 팔을 뒤흔들었고, 이내 천검협이라 불린 자는 거칠게 이설에게로 달려들며 검을 내려치려 했다.

"소하야."

"백보신권!"

소하의 고함과 동시에 부우웅 하는 소리가 들렸다.

이야기꾼을 비롯해 모두의 눈이 커다랗게 변한다.

천검협이란 자는, 들어왔던 문을 통해 그대로 밖으로 나가떨어지며 의식을 잃어버렸다. 그저 소하는 허공을 손으로 쳤을 뿐인데, 무형의 충격이 그의 몸을 두들겼던 것이다.

"허, 허어."

이야기꾼이 당황하는 순간, 다른 자들은 일제히 무기를 빼들었다.

"이놈! 어디 건방지게……!"

"백보신권!"

북 터지는 소리와 함께 네 명의 몸이 그대로 날아가 똑같이 바닥을 나뒹굴었다. 객잔에는 아무 피해가 없이, 그저 바깥에서 신음만이 울려 퍼질 뿐이었다.

소하는 아까 이야기꾼이 말했던 자세를 과장스레 취한 채, 입을 쩍 벌린 그에게 물었다.

"이렇게 하는 거예요?"

*　　　　*　　　　*

"음… 뭐, 소협이 쓴 기술과 이치는 같지만, 격공(擊空)의 공부 중에서도 백보신권은 가장 뛰어난 무공이라고 할 수 있지."

"오호."

이설은 찜찜한 눈으로 탁자를 바라보았다. 시켜놓았던 어향육사와 소면이 나왔고, 곧이어 함께 자리하게 된 이야기꾼은 자신의 돈을 털어 꽤나 성대하게 요리들을 시켜주었던 것이다.

'포식하게 돼서 기분은 좋은데.'

그녀는 신나게 이야기를 나누고 있는 소하와 이야기꾼을 쳐다보며 하아 한숨을 내쉬었다.

다행히 아까 덤벼들었던 작자들은 소하가 무림인이라는 것을 알자 꽁지가 빠지게 도망쳐 버렸다. 애초에 객잔에서 행패를 부리려는 수작 자체가 낡은 수준이다. 요즘 시대에 그랬다면 성질 나쁜 무림인 몇이 칼을 뽑아 들어, 아예 목숨을 빼앗아 버릴지도 모르는 일이었다.

'뭐, 우리가 수업을 해줬다 생각해야지.'

그녀는 그리 생각하며 길게 썰어진 얇은 고기 조각을 들어 정성스럽게 입으로 집어넣었다.

"그럼 백보신권은 더 대단한 거예요?"

"당연하지! 소협이 본다면 입을 쫙 벌릴 걸세. 말 그대로 백보 밖의 물건을 공격하는 건 정말 심후한 내공이 있지 않고서야 어려운 일이거든! 더군다나 얻어맞은 것이 형체도 남지 않고 사라져 버릴 정도로 강맹한 파괴력을 자랑하지."

소하는 고개를 주억거리며 신기하단 표정을 지었다. 무공의 세계는 넓다. 소하가 익힌 천하오절의 무공 이외에도, 수많은 무공이 이 무림에 자리하고 있었던 것이다.

"지금은 사라진 화산(華山)의 매화검(梅花劍)은 정말 대단했다고 하지. 검을 휘두르는 순간 사방에 검화(劍花)가 피어나고, 심지어 절정에 오른 검수의 경우에는 그 칼끝에서 매화향이 비어져 나온다는 이야기가 있네."

"칼에서요? 에이, 그건 너무 거짓말 같은데."

소하의 말에 이야기꾼은 억울하다는 듯 팡팡 가슴을 쳐 대고 있었다.

"내가 아무리 과장스레 이야기를 늘어놓아 돈을 번다지만, 어찌 금전의 은인에게 그러겠나!"

아까부터 그는 소하 일행이 자신의 돈을 지켜줬다면서, 금전의 은인이라 부르고 있었다. 생명의 은인이었으면 좋았겠지만, 그건 아무래도 무리였다.

'정말 징그럽게 떠들어대긴 하네.'

이설은 한숨이 나올 지경이었다. 적당히 끊고 싶었지만 소하가 눈에 초롱초롱 불을 켠 채로 그를 바라보고 있으니 그러기도 힘들었다.

"자아! 그럼 무림의 유명한 무공들을……."

"저, 아저씨."

소하는 그에게 물을 따라주며 말을 이었다.

"천하오절에 대해서도 아세요?"

"그럼, 당연한 일이지. 아마 모르는 사람이 이상할 정도일 텐데? 소협은 모르나?"

"아, 알긴 하지만……."

소하는 우물쭈물 말을 얼버무렸다. 사실 천하오절이 어떤 자들인가에 대해서는 다들 알고 있을 것이다. 소하의 형인 운현이 그랬듯, 모두에게 우상과도 같은 존재였기 때문이었다.

그는 물을 꿀꺽꿀꺽 들이켜며 크으 소리를 내었다.

"술이었으면 열 배는 더 좋았겠지만, 이건 이대로도 좋구나! 천하오절이라……. 소협이 원한다면 내 이야기보따리에서 몇 가지를 꺼내보지."

그는 장난처럼 머리를 톡톡 두드리더니 이내 입을 열었다.

"굉천도 마령기의 천인참에 대해서는 알고 있나?"

"네. 그건 들었어요."

"호오, 이건 별로 안 알려진 일인데 대단하군."

그는 턱을 어루만지며 흠흠 소리를 내었다.

"내가 사실 유명한 이야기를 제하고는 별로 해줄 게 없어서 말이야. 십이능파의 구봉질주(九峰疾走)라든가… 백로검의 백마항복(百魔降伏)과 같은 일에 대해서는 이미 알고 있을 법하군."

소하는 가슴이 두근거리는 것만 같았다.

자신이 알고 있던 그 노인들의 이야기가, 이들에게는 전설과도 같은 일이었던 것이다. 하지만 한편으로는 씁쓸해지기도 했다. 그럴수록 더욱, 노인들이 이제 곁에 없다는 것이 선명해져 왔기 때문이었다.

"그렇지. 그러면 요즘 떠도는 소문이 좋겠군."

요즘? 소하와 이설이 둘 다 궁금하단 표정을 지었다.

어깨를 으쓱이던 이야기꾼은, 혹시나 점소이가 들을까 염려한단 표정으로 고개를 불쑥 그들에게 들이밀었다.

"만박자 척위현에 대해서 알고 있나?"

이설은 그것에 음 소리를 내며 인상을 찌푸렸다.

"괴팍한 노인네라는 건 알죠."

'진짜 그랬구나.'

소하는 내심 척 노인이 무림에서 상당히 유명했다는 것을 느낄 수 있었다. 자신에게 보였던 괴팍한 모습들을 자연스레 다른 이들에게도 똑같이 보여줬던 모양이었다.

"성격이 좀 이상하긴 했지만, 만박자는 정말 당금 무림에서 여러 가지를 통달한 자였지. 그렇기에 유일하게 만박자라는 무명을 받은 것이고."

척 노인은 정말 아는 것이 많았다. 소하에게는 이러저러 글들과, 각종 진법이나 무공 등에 대해서도 일러주곤 했었다. 소하가 따라가지 못하는 것에 척 노인은 머리가 나쁘다며 혀를 쯧쯧 차고는 했지만, 그가 대단했던 것이 확실해지자 소하는 내심 입술을 쭉 내밀었다. 계속 구박을 받았던 게 기억난 것이다.

"그런 만박자가 갑자기 사라졌을 때, 많은 무학자(武學者)가 아쉬워했다네. 그가 가진 전설 속의 천양진기나, 선양지를 비롯해 각종 천하일절이라 칭할 수 있는 무공들이 사장(死藏)되어

버린 셈이니까."

이설도 아는 바였다. 만박자의 실종 이후로 그의 흔적을 찾아다니는 하오문도들도 존재할 정도였으니까. 다른 천하오절들은 각자의 무공으로 이름을 드높였지만, 만박자 척위현은 약간 다른 점이 있었다.

"그는 타인의 무공이 가진 잠재력을 깨울 줄 아는 자였지. 시천마가 아니었다면… 무림제일의 자리는 사실 만박자의 것이었을지도 몰라."

아쉽다며 이야기꾼은 고개를 빙빙 저었다. 소하는 그 말을 경청하며 그를 뚫어지도록 쳐다보고 있었다.

"뭐, 아무튼 그런 만박자는 사라지면서 아무것도 남기지 않았다고 알려져 있었지……. 요즘 떠도는 소문이 아니었다면."

"어떤 소문이었나요?"

이설까지 궁금해하며 묻자, 이야기꾼은 말할 맛이 난다며 크하핫 웃고 있었다.

"요즘 강호에 기이한 일들이 많은데, 그중 하나가 바로 묵궤(墨櫃)의 출현이지."

"묵궤요?"

소하는 갸우뚱 고개를 기울였다. 궤? 별로 신기해 보이지 않는 이름이었다. 이야기꾼 역시 소하의 그런 모습을 예상이라도 했는지 미소를 흘렸다.

"그 궤는 듣자 하니 아무리 강한 무기로도 깰 수 없는 한철(寒鐵)로 이루어져 있고, 복잡한 진식(陳式)이 마련되어 있어 억지로

열려 하면 내부의 물건을 파쇄해 버린다 하더군."

이야기꾼의 말을 따르자면 묵궤는 함 자체가 중요한 게 아니라, 그 안에 든 무언가가 가치를 지니고 있는 모양이었다.

이설의 표정이 굳어버린 것을 알아채지 못한 소하는, 어서 더 이야기해 보란 표정으로 음식을 집어 입으로 넣고 있었다.

"최근 들어 들려오는 소문이지만, 그 묵궤 안에는… 자그마치, 만박자의 유물(遺物)이 들어 있다고 했지."

소하의 눈이 동그랗게 변했다.

깜짝 놀란 표정에 만족스러운지, 이야기꾼은 턱을 어루만지며 킥킥거리고 있었다.

"어떤가, 제법 신기하지 않나? 이제까지 쭉 보이지 않던 천하오절의 유품, 그것도 만박자 척위현이 남긴 물건이라니! 전 무림의 날고 긴다는 자들이 지금 시뻘겋게 충혈된 눈으로 그 궤를 찾고 있네."

손가락을 들어 올린 이야기꾼은 허공을 주시하며 말을 이었다.

"과연 그게 이 무림에, 어떤 풍파(風波)를 몰고 올지… 개인적으로 팔 이야깃거리가 많아지니 나로서는 기쁜 일이지."

그는 그리 말하며 고기 조각을 들어 입에 집어넣었다. 슬슬 그도 배가 부른지, 나설 채비를 하고 있었다.

"그럼 이야기도 잘 했고, 은인들과 밥도 맛있게 먹었으니 나는 이만 가보겠네. 소협과 소저도 즐거운 무림행 되시게."

"이야기 감사했어요."

소하의 말에 이야기꾼은 밝은 표정으로 웃었다.

"들어주는 이가 있다면 이야기하는 이는 정말로 신나는 법이지. 다음에 만날 일이 있다면 또 신기한 이야기를 많이 해주도록 하겠네!"

그는 값을 계산한 뒤 고개를 흔들거리며 자리를 떠났다. 조용해진 객잔, 소하는 멍하니 허공을 주시하고 있었다.

"소하야."

"네?"

이설의 표정은 여전히 조금 떨떠름해 있었다. 무슨 연유인지는 몰랐지만, 초조해 보이기도 했다.

"잠깐만 여기 있을래? 나 어디 좀 갔다 올 테니까."

"여기 있으면 될까요?"

그녀는 고개를 끄덕이곤 전낭에서 돈을 꺼내 소하에게 쥐여주었다. 그동안 여기서 시간을 보내고 있으라는 의미였다.

이설이 떠나가는 모습에 점소이가 쟁반을 치우러 오자 소하는 조심스레 그에게 말을 걸었다.

"여기 술은 얼마인가요?"

"백주는 쌉니다요."

점소이는 냉큼 옆으로 걸어가 찬장에서 술병을 꺼내 보여주고 있었다.

이설이 준 돈으로 술 한 병을 산 소하는 점소이가 잔 하나를 가져오는 것에 손을 저었다.

"잔을 세 개만 더 주시겠어요?"

"세 개요?"

점소이는 의문스러워했지만, 손님의 청이기에 군말 없이 잔을 가져다주었다. 소하는 빈 탁자 위에 잔을 늘어놓으며 백주의 마개를 열었다.

"으."

알싸한 향기가 감돈다.

주향(酒香)은 언제 맡아도 좋아지지 않았다. 이전 아버지가 밤에 조금씩 즐기는 것을 틈타 마셔보려 했지만, 이상한 냄새 때문에 고개를 도리도리 저었던 기억이 있었다.

그래도 잔에 따르니 맑은 내용물이 담겼다. 소하는 그 잔을 하나씩 탁자에 놔두었다. 마치 누가 본다면 비어 있는 의자에 곧 손님들이 다가와 앉을 것만 같은 모습이었다.

"할아버지들."

객잔은 조용했다.

손님은 없었고, 점소이는 소하가 주문을 하지 않자 안쪽으로 들어가 버린 뒤였다. 숙수가 칼로 야채를 써는 소리만이 은은하게 들려올 뿐이었다.

"늘 마시고 싶다 하셨는데."

소하는 픽 웃으며 잔을 들어 올려 코끝에서 살살 돌렸다. 여전히 흥미가 가지 않는 향기였다.

노인들은 밤이면 가끔씩 모여서 술에 대한 이야기를 하곤 했다. 특히 척 노인과 현 노인은 술을 상당히 좋아했는지, 절대 어울려 보이지 않는 두 사람이 서로 의기투합해 주도(酒道)를 놀하는 모습은 소하에겐 신기하기까지 할 지경이었다.

"좀 더 크면 술맛을 알 거다. 아직 넌 핏덩이 같은 놈이라 모르 겠지."

척 노인이 술은 냄새가 이상하다는 소하의 평에 다짜고짜 했던 말이다.

옆에서 현 노인까지 격하게 동의하는 것에 어리둥절했던 기 억이 있었다.

잔에 입을 대고 쭉 들이켰다. 안으로 들어오는 미지근한 액 체. 그것이 곧 식도 아래로 내려가자, 소하는 마치 몸속에서 뜨 거운 불이 올라오는 기분이 들었다.

"으음……."

얼굴을 잔뜩 찌푸릴 수밖에 없었다. 냄새가 올라오는 건 당 연한 일이었고, 이상하게 뒷맛은 썼다. 입맛을 다시자 옆에 놓 인 물병에 저절로 시선이 갔지만, 소하는 꾹 참고 잔을 전부 비 웠다.

"후아."

입에서 연기가 흘러나오는 것 같았다. 소하는 한참을 그렇게 의자에 기댄 채 멍하니 있다가, 조용히 말을 이었다.

"무림은 신기한 곳 같아요."

마치 자신의 앞에 노인들이 앉아 있는 것만 같았다. 술을 먹 자 갑자기 둥실둥실 몸이 뜨는 느낌, 그건 나쁘지 않았다.

이제까지는 식솔이 얼마 없는 유가장이나, 철옥에 있었기 때문에 많은 사람을 볼 일이 얼마 없었다. 운남에 이어서 사천으로 들어가면 더욱 많은 사람을 볼 수 있다고 이설은 말했었다.

새로운 세계로 걸어가는 기분이었다. 소하는 허공으로 시선을 향한 채 씩 웃음을 지었다.

"아직까지는 재밌어요. 어떤 일들이 있을지 모르고… 또, 할아버지들에 대한 이야기들도 들을 수 있으니까."

소하는 가슴이 울렁였다. 이제까지 계속 어떻게든 참아왔던 감정들이 술이 들어가는 순간 모조리 스르르 녹아내리는 기분이 들었던 것이다.

만박자 척위현의 유물.

그 묵궤라는 것은 무엇일까. 소하는 그것이 가지고 싶어졌다. 척 노인의 흔적을 조금이라도 찾을 수 있다면, 당장에라도 손을 뻗고 말 것이다.

"더 큰 곳으로 나아가라."

척 노인은 그리 말했다. 그들은 모두 같은 마음이었다. 소하에게 무림을 보여주고 싶었다. 그렇기에 자신의 목숨을 희생한 것이다.

무겁다.

소하는 입술이 일그러지려는 것을 억지로 깨물었다.

너무나도 무거웠다.

"왜 그러셨어요."

미웠다.

자신을 홀로 남도록 해버린 것이 미웠다.

소하는 눈시울이 뜨거워지는 것에 미간에 힘을 주며 고개를 숙였다.

탁자에는 아무도 없었다.

빈 의자 앞에는 가득 찬 술잔만이 놓여 있을 뿐이었다.

"올곧게 마음을 따르거라."

현 노인은 마지막에 그리 말했다. 소하는 그 말을 떠올리곤 허탈하게 웃을 수밖에 없었다.

"같이 왔으면, 좋았을 텐데."

계속해서 삭이고 삭여왔던 감정.

소하는 코를 훌쩍거리며 고개를 숙였다. 마치 노인들이 앞에 서 그를 보고 웃는 것만 같은 기분이 들었다.

오늘만 이렇게 울어도 괜찮겠냐고 그들에게 묻고 싶었다.

그들은 아무 말도 하지 않을 것이다.

그저 빙그레 웃음 지으며, 소하를 바라보고 있기만 할 것이다.

그 의미를 모르지 않았다.

그저 지금은, 아무것도 보이지 않는 어둠 속을 헤쳐 나아가야만 했다. 소하를 안내하는 것은 오로지 그들이 남겨놓은 마음뿐이었다.

'하오문.'

일단 그곳에서 찾고 싶은 것이 있었다.

잠시 망설이던 소하는 이내 뺨을 타고 흘러내리는 눈물을 손으로 닦았다.

술을 들어 쭉 들이켰다. 시큰한 기운. 소하는 울렁거리는 속에도 상관 않고 크게 숨을 토해냈다.

'지켜봐 주세요.'

그저 그렇게 바랄 뿐이었다.

＊　　　＊　　　＊

하오문 운남 분타. 이설은 급하게 그리로 발을 향하고 있었다.

"뭐야, 왜 다시 왔어?"

하오문의 분타는 보통 다른 공간으로 위장하고 있다. 운남 분타는 서도구(書道具)를 파는 가게로 위장한 곳이었는데, 그곳의 관리자이자 하오문의 문도인 남자는 분명 돈을 받아갔던 이설이 다시 들어오자 고개를 갸우뚱 기울였다.

"묵궤."

이설은 인상을 찡그리며 다짜고짜 그에게 말했다.

"그게 만박자의 물건이었어요?"

"음… 그거 일급 정보인데."

이미 그녀가 알고 있다는 모습을 보이자 남자는 희미하게 그리 중얼거렸다. 하오문의 일급 정보라 하면 꽤나 많은 돈을 내야만 열람할 수 있을 정도의 가치를 지닌 것이었다.

"이야기꾼들이 알고 있던데요."

"우리도 비슷한 이야기를 듣긴 했어. 다만 이리 빨리 퍼질 줄은 몰랐지만."

그는 머리를 긁적였다. 도구가 가득 쌓여 있는 곳인지라 먹 냄새가 진하게 풍긴다. 이설은 안으로 척척 들어서며 흰 종이 위에 글자를 고풍스레 쓰고 있던 남자의 팔을 부여잡았다.

"일접영이 그 궤를 가지고 있잖아요?"

"응. 우리랑은 상관없을 거야. 어차피 그쪽은 은밀하게 움직이고 있는 거라."

그는 목을 벅벅 긁으며 대수롭지 않다는 듯 말했다. 어차피 자신들과는 아무 연관이 없기 때문이었다.

"죽으면 그치가 잘못한 거지."

"그래도!"

이설의 목소리에 남자는 찌릿 눈살을 찌푸렸다.

"진정해. 그 작자는 망접(網蝶) 출신이라고. 죽으면 그건 능력이 모자라서야."

"정보가 새고 있다면 어떻게 하려고요?"

그는 눈동자를 굴리며 중얼거렸다.

"뭐, 그거야 어쩔 수 없지. 세상에 비밀은 없어. 다 고만고만하게 퍼져 나가게 마련이야."

이설은 태평한 그의 목소리에 인상을 쓸 수밖에 없었다. 하지만 하오문은 이러한 성격의 문파였다. 자신의 목숨만 온존할 수 있다면, 타인이 어찌 되든 상관하지 않았다. 지금 역시도 자신의 세력이 피해 입을 일이 없으니 상대가 죽든 말든 괘념치 않는 것이다.

"그 사람한테 빚을 진 게 있어요."

이설의 말에 남자는 하아아 하고 크게 한숨을 내뱉었다.

"너 진짜 날 힘들게 한다. 귀찮게스리."

그는 이어서 머리를 긁적대던 손을 내려 탁자 밑의 서랍을 열었다. 그 안에는 봉인된 종이 몇 개가 굴러다니고 있었다.

줄을 당겨 하나의 봉인을 푼 남자는, 이내 그 안에 적힌 것을 읽고는 입을 열었다.

"아마 나흘 정도 뒤에 사천 쪽에서 움직일 거야. 접선을 위해 그쪽 분타로 향할 테니, 그때 네가 뭘 조심하라고 당부를 하든지 도와주든지 해. 난 이거 모르는 거고. 알겠지?"

남자의 말에 이설은 미소를 지었다.

"고마워요, 태청(怠請)!"

그녀가 그 말을 남기며 밖으로 나가자, 태청이란 남자는 귀찮다는 듯 숨을 내뱉으며 엉망이 된 탁자를 정리하기 시작했다.

"정말 난 여자에 약해요."

그는 척척 붓과 종이들을 정리하던 중, 이설의 기척이 완전히 사라지자 조용히 뒷말을 이었다.

"하지만… 죽으러 가는 걸 막지 못해서 미안하게 됐구만."

*　　　　*　　　　*

"소하야, 미안! 늦었… 세상에!"

객잔에 도착한 이설은 시간이 오래 걸린 것에 사과를 하려 했지만, 술에 알딸딸하게 취한 채 고개를 흐늘거리고 있는 소하를 보곤 놀란 표정을 지었다. 점소이도 난감한 표정으로 소하를 바라보고 있던 터였다.

"다행입니다. 젊은 소협께서 술을 얼마 드셔보지 않은 모양이네요."

"어린애니까요. 하여간……."

이설은 난감하다는 듯 소하를 번쩍 들어 자신의 어깨에 짊어졌다. 어린아이 하나 옮기는 것에 문제는 없었다.

"쉴 곳을 찾는 게 큰일이네."

"괜찮으시다면, 위쪽에 방이 있습니다."

점소이의 말에 이설은 눈을 동그랗게 떴다. 갑작스레 그런 정보를 전해줄 줄은 몰랐기 때문이다. 점소이는 뒤쪽에서 식칼을 흔들고 있는 숙수와 눈을 맞춘 뒤 살짝 웃었다.

"아까 그 소협 덕에, 피해가 없었어서… 숙수님께서 하루 푹 쉬시고 가시랍니다."

"고맙수다! 협객 나으리들!"

숙수가 만면에 씩 웃음을 짓고 있는 모습. 이설은 얼떨떨하니 그것을 바라보다, 이윽고 품에서 곯아떨어져 있는 소하에게로 시선을 향했다.

협객이라.

하오문 출신인 이설에게 있어, 영원히 들을 수 없는 단어라고 생각했었다.

잔잔한 웃음이 그녀의 입가에 감돌았다.

"그럼, 감사히 묵도록 할게요."

그렇게 소하를 객잔의 방 하나에 재워놓은 뒤, 이설은 아래로 내려오며 생각에 잠겼다.

'일단 사천 분타로 향해야 해.'

어차피 소하를 데리고 그곳으로 가기로 했다. 거기서 소하를 하오문에 맡겨둔 뒤, 자신은 일접영에게로 이동하면 되는 일이었다.

하지만 이설에게는 한 가지 의문이 감돌고 있었다.

'내가 모를 정도의 정보였다면… 일급 기밀인데.'

그녀는 하오문에서 정보의 수집과 시찰을 담당하는 호련이라는 조직에 소속되어 있었다. 그리고 일접영은 그런 호련을 부리는 망접의 인물이다. 망접 정도의 인물이 직접 움직일 정도라면 그 궤가 정말 만박자의 유물일 가능성이 높았다.

'서장무림에서도 그 궤를 노린다?'

그러나 아귀가 잘 맞지 않았다. 대체 그 궤에 든 것이 무엇이기에, 이제까지 전혀 모습을 드러내지 않았던 서장무림의 인물들이 나타났다는 말인가.

"불안해."

그녀는 스스로 감이 꽤 좋은 편이라고 여겼다.

하오문도로 살아남기 위해서 가장 필요한 건 날카로운 본능이다. 자신이 알지 못하는 위협을 빠르게 잡아내 그 상황을 타개할 수 있어야만 약한 무공으로도 이 무림에서 살아남을 수있기 때문이었다.

이설은 그렇기에 그 궤와 엮이게 되면 안 좋은 결과만이 뒤따르리라는 생각이 들었다. 더군다나 망접 중에서도 가장 실력이 뛰어나다는 일접영이 나선 일이다.

자신이 나서봤자 아무 의미가 없을 것만 같았다.

하지만.

그녀는 꽉 주먹을 움켜쥐었다. 그렇다고 해서 자신이 아무것도 하지 않는다면, 차후 후회하게 될 것만 같았다.

일단은 사천이다. 그리로 향해, 일접영과 접촉해 보고 싶었다. 그를 둘러싼 위협이 생각보다 클 수도 있었기 때문이었다.

정(情).

그것은 분명 목숨을 버리게 만드는 원인이 되기도 했지만 사람이 살아나가게 해주는 원동력이기도 했다.

*　　　　*　　　　*

아침이 되었을 때, 이설은 부산스러운 소리를 들었다. 문이열려 있었던 것이다.

슬쩍 뜬 눈을 질끈 감은 그녀는 어질어질한 머리를 손으로 짚으며 침상에서 일어났다.

그들이 묵은 방은 작은 침상이 두 개 마련되어 있었다. 그중 하나에 소하가 없다는 것을 확인한 그녀는 풀려 있는 옷매무새를 정리하며 밖으로 나섰다.

"이건 여기다 놔두면 되나요?"

"아이고, 소협… 그러실 필요까지야."

"빨리 끝나면 좋잖아요."

소하는 일층에서 점소이와 함께 위로 올려놓았던 의자들을 내리며 정리를 돕고 있었다. 객잔의 일층을 다시 열며 손님을 맞을 준비를 하고 있는 것이다.

점소이는 소하가 자신을 돕는 것에 황송해 어쩔 줄을 몰라 하는 표정이었지만, 소하는 척척 의자를 들어 내려놓으며 뒤쪽에 있는 천으로 탁자 위를 닦고 있었다.

"빨리 일어났네? 한참 잘 줄 알았는데."

난간에 몸을 걸친 채 그녀가 말을 걸자, 소하는 이층을 올려다보며 씩 웃었다.

"개운한데요?"

물론 소하의 체내에 있는 극양기가 알아서 취기를 걸러내 준 것이지만, 그걸 알지 못하는 이설은 놀랍다는 듯 난간에 팔을 걸친 채 눈을 껌벅거렸다. 백주는 어린아이가 마시기에는 좀 세지 않을까 염려했었던 것이다.

"주당(酒黨)이네, 주당이야. 나중에 이 누나하고도 한번 마셔

보자."

"별로 맛있지는 않던데."

"아직 소협께서 술맛을 잘 모르실 수도 있습니다요."

점소이가 끼어드는 것에 이설은 웃으며 고개를 끄덕였다.

"흠. 그런 것도 같아요."

이전 노인들에게 술에 대해 많은 이야기를 들었던지라, 소하는 고개를 갸우뚱 기울이며 마지막 의자를 탁자에서 내렸다.

어느덧 아침이 시작되고 있었다.

사람들의 분주한 모습이 객잔 밖으로 언뜻언뜻 비치자, 소하는 이설과 함께 숙수와 점소이의 배웅을 받으며 밖으로 나섰다.

"좋은 사람들이에요."

"세상에는 좋은 사람이 많지."

그녀는 멀리 보이는 사람들의 무리를 보며 중얼거렸다.

"나쁜 이들도 많지만."

칼을 찬 이들이 보였다.

무림인이다. 소하는 자신을 끌고 골목으로 들어가는 이설의 손을 느꼈다.

"눈을 마주보지 마."

이설은 그들의 복식을 훑어보며 중얼거렸다.

"눈이 마주쳤다고 해서 베어버리는 경우도 있으니까."

"그런 말도 안 되는……."

하지만 있었다.

철옥 내에서도, 시천월교의 무인들은 가당찮은 일들을 근거로 대며 수인들을 폭행했다. 소하 역시도 그러한 것들을 봐왔었고, 혁월런에게 죽은 사람들의 뒷모습을 기억하고 있었다.

소하가 입을 다물자 이설은 그것을 긍정으로 받아들이고, 재빨리 고개를 살짝 숙이며 그늘에 자신들의 모습이 묻히도록 만들었다.

"청옥문(晴屋門)이야."

어깨에 노란 수실을 달고, 짙푸른 빛의 무복을 입은 무리들. 다들 사방을 사납게 주시하며 거리를 걷고 있었다.

상인들 몇 명이 미처 비켜나지 못해 허둥대고 있자, 그들 중 한 명이 손을 뻗어 노점째로 그를 밀어버리는 모습이 보였다.

소음과 함께 이곳저곳으로 굴러가는 물건들. 소하가 눈을 크게 뜨는 순간 이설은 재빨리 말했다.

"저들과 문제가 생기면, 우리가 운남을 나서기 어려워질 거야."

그들은 구파일방의 몰락 뒤 우후죽순처럼 불어나기 시작한 신흥 문파 중 하나였다.

주변의 말썽꾼들을 모아 문파라고 만들어 놓았지만, 결국 이 주변의 상인들에게 자릿세를 징수하기 위한 모임일 뿐이다.

'그런데 뭔가 이상해.'

이설이 알아볼 수 있는 건 그 무리의 안쪽에 있는 네 명뿐이었다. 그들 모두가 청옥문에서 꽤나 유명한 자였다.

저들이 모조리 바깥으로 나갈 복장을 한 채로 나선다? 이설은 의문이 들 수밖에 없었다.

"잠깐 조용."

이설은 소하의 손을 짚으며 눈을 감았다.

호련에 속한 이들은 독(讀), 청(聽), 촉(觸)의 공부를 가장 먼저 배우고, 그것을 제일 중요시한다.

정보를 중요시하는 하오문의 특성상 그들은 어떻게 해서든 정보를 수집해야 하기 때문이다. 그렇기에 이설은 그들이 대화하고 있는 내용들을 조금이나마 들을 수 있었던 것이다.

"그나저나 일형(逸兄). 대체 왜 이리 서두르쇼?"

한 남자가 묻자 곧 가운데 있던 남자가 느물거리는 웃음을 지었다.

저자가 바로 청옥문의 실세를 맡고 있는 냉청검(冷靑劍) 영호일(榮豪逸)이었다.

"행동은 빨라야 하지. 게다가 그 궤를 가진 놈이 벌써 운남을 나섰을 수도 있다."

궤.

이설의 눈가가 파르르 떨렸다.

저들은 분명 어설프고 어린 자였다. 이설 또래의 나이가 대부분인 데다 세상 무서운 줄 모르고 콧대만 높아진 애송이들에 불과하지만, 그 말을 들은 순간 이설은 가슴이 철렁 내려앉는 것만 같았다.

'정말로 정보가 새고 있어!'

어느 누가 그 궤의 정보를 발설하는지는 알 수 없었지만, 저런 자들까지 알 정도라면 분명 심각한 문제였다.

덩치가 큰 남자는 턱을 주무르며 땅을 구르던 상인의 물건 하나를 밟아 부쉈다.

"흠. 뭐 그건 상관없긴 한데, 거기에 뭐가 들었는지도 모르잖소."

"오절이라 불리던 자의 물건이다. 모르긴 몰라도… 어마어마한 가치가 있겠지."

"그래서 다들 흥미를 가지는 거요?"

영호일은 비릿하게 웃으며 고개를 끄덕여 보였다.

"사천까지 가게 되면 귀찮아진다. 빨리 붙잡아서 해결하자구."

"흐흐. 사람 죽이는 일이라면 좋지."

무리들이 마침내 앞으로 걸어 멀어져 간다.

소하는 눈을 감은 채 가만히 서 있던 이설이 겨우 움직이는 것을 보곤, 마땅찮은 눈으로 영호일의 뒷모습에서 시선을 떼었다.

"궤에 대해 이야기하고 있었어요."

이설의 눈썹이 꿈틀거렸다. 소하의 몸에 스며든 내공, 그리고 천양진기는 전신의 감각을 강하게 일깨워 준다. 그렇기에 이설이 집중해야만 들을 수 있는 대화를 소하 역시 들을 수 있었던 것이다.

"그러게. 다들… 강해지고 싶은 거겠지."

궤 속에 뭐가 들어 있는지는 아무도 모른다. 아마 그 궤를 만든 만박자만이 알고 있겠지. 소하는 그 생각에 살짝 주먹을 움켜쥐었다.

"이제 저들도 지나갔으니, 우리는 우리의 갈 길을 가자."

이설은 그리 말하며 몸을 돌렸다. 소하에게 군이 일접영에 대한 이야기를 할 필요성을 느끼지 못했기 때문이었다.

'저들에게까지 궤에 대한 이야기가 전해졌다면.'

이설은 내심 입술을 바짝 깨물었다. 사천 분타까지의 움직임을 더욱 서두를 필요가 있었다.

'단순한 어중이떠중이만이 나서지는 않을 거야.'

소하는 척척 걸음을 걸어 앞쪽으로 나아가는 이설을 이상하다는 듯 바라보다, 이윽고 다시 뒤로 눈을 돌렸다.

그의 눈에 사라져 가는 청옥문도들의 모습이 비친다.

'척 할아버지가 남긴 물건.'

만박자 척위현은 무림에서도 상당한 위세를 떨친 모양이었다. 그런 그의 물건이라 소하는 복잡한 감정이 들 수밖에 없었다.

하지만 하오문이 우선이다. 아무런 정보도 없는 상태에서 무작정 그 궤를 쫓을 수는 없었던 것이다.

지금은 갈라질 수밖에 없는 길이었다.

*   *   *

"만박자의 유품이라……. 정말로 낡은 소문이군."

웃음이 번졌다.

분 냄새와 붉은 향등(香燈)이 켜져 있는 기루(妓樓).

반라의 여인들이 어지럽게 엉켜 희미한 신음만을 내지르고 있었다.

소식을 전한 이는 그것에 분노한 듯 미간을 찌푸리며 중얼거렸다.

"운요(雲耀)! 그 계집들이 또 네게 미약(媚藥)을……!"

"너무 드세게 굴지 마, 사형. 안 마셨으니까."

운요라 불린 젊은이는 요염한 미소를 지으며 입을 열었다.

"필요한 사람에겐 필요하겠지."

마치 잘못 본다면 여인으로 착각할 정도로, 그는 가는 선과 마치 흰 적삼과도 같은 고운 피부를 지니고 있었다.

그의 팔과 다리에 매달린 여인들이 반개한 눈으로 달뜬 숨을 뱉어낸다.

"이미 모든 게 끝나 버린 세상인데, 즐겁기라도 해야 하지 않겠어."

운요라는 청년은 그리 말하며 담뱃대를 잡으려 손을 뻗었다.

"웃기지 마라!"

기루 바닥을 내려치는 발.

놀란 기녀들이 깜박거리며 눈을 떴고, 작은 탁자에 올려져 있던 술병이 옆으로 넘어져 술을 흘리고 있었다.

"사부님이 진정 그런 걸 원하셨다고 보느냐!"

"사형."

운요는 피식 웃으며 고개를 저었다.

"이미 알고 있잖아. 우리는 멸문(滅門)했어. 문원들은 모조리 배신하거나 다른 곳으로 떠나 버렸고, 사문의 영지(領地)는 이미 빼앗겼지. 사부님의 본신무공이 적힌 비급 또한 불살라졌어."

"큭……!"

"이제 우리가 할 수 있는 일은 뭘까? 겨우겨우 목재를 이어 붙여서, 조그마한 무학관이라도 열까? 구파(九派)의 명성도 다 사그라진 지 오래잖아."

사형이란 자는 주먹을 꽉 움켜쥐며 팔을 부들부들 떨고 있었다.

얼굴은 이미 돌처럼 굳어졌고, 이는 꽉 악물어져 금방이라도 분노가 토해져 나올 것만 같았다.

완고한 사형의 성격을 아는 운요는 어깨를 으쓱이며 말했다.

"사형과 이런 이야기를 하고 싶지 않아."

"사부님은!"

이를 부드득 갈아붙인 남자는, 비스듬히 앉은 채 담뱃대를 입에 물고 있는 운요를 바라보며 말했다.

"네게 모든 걸 맡기셨다. 청운(靑雲)과 적하(赤霞)를!"

"그랬었지."

심드렁하게 답하는 운요를 노려본 남자는, 이윽고 몸을 돌려 거칠게 기루를 나섰다.

"그렇기에 나는 다시금 문파의 이름을 네가 일으켜 세우기를 바랐었다."

무복을 펄럭이며 떠나가는 그의 모습을 바라보며 운요는 옆으로 손을 옮겼다.

부드러운 여인의 육체가 손에 휘감긴다. 미약에 취한 여인 하나가 격정을 이기지 못하고 그에게 안겨든 것이다.

운요라 불린 청년은 조용히 여인의 살결을 손으로 쓸며 중얼거렸다.

"이미 끝나 버린 건 돌이킬 수가 없어."

시천월교의 침공은 수많은 피를 불렀다.

그들의 문파 역시 마찬가지였다. 많은 이의 존경과, 그 검공에 경외(敬畏)를 받았다.

청성파(靑城派).

구파일방의 일원으로 시천월교와의 싸움에서 필사적으로 버텼지만, 결국은 멸문해 버린 문파였다.

그 최후의 후예인 운요는 자조를 띤 표정으로 중얼거렸다.

"허무할 뿐이야."

*　　　　　*　　　　　*

"그러고 보니, 하오문에 대해 기억하고 있어?"

"분명 기루나 객점을 주 수단으로 삼아 활동하는 문파라고 하셨었죠."

소하는 뒷내용을 기억하지 못했기에, 아는 것만을 냉큼 대답하기로 했다. 이설은 소하의 등을 팡팡 두드린 뒤 말을 이었다.

"이런 장한 녀석. 그래, 하오문은 그런 곳이야. 밑바닥 인생을 사는 사람들을 이리저리 긁어모은 곳이지."

"그게 그런 뜻이었군요."

소하가 놀라는 것에 이히히 웃은 이설은, 이윽고 멀리 보이는 가도(街道)를 보며 말을 이었다.

"그런 사람들이니만큼, 살고 싶다는 의지는 누구보다 강렬해. 그렇기에 정보를 수집해서까지 살아남으려고 노력했던 거고."

소하는 내심 그 말을 하고 있는 이설을 바라보았다. 괄괄해 보이는 그녀 역시 힘든 과거가 있었을 것이다. 이설의 팔과 다리, 그리고 목 부분에 얼핏얼핏 보이는 흉터들이 그 생각을 더욱 뒷받침해 주고 있었다.

"그러니 정보는 내가 보장해. 곧 들어설 곳은… 운남보다 혼잡하긴 하지만, 그래도 금방 네가 필요한 정보를 얻을 수 있을 거야."

"드디어!"

소하의 말에 이설도 한숨을 내쉬었다. 소하를 데리고 며칠간을 계속 움직였더니, 돈도 체력도 거의 다 소진되어 갔던 것이다. 하지만 궤를 노리던 세력을 알아낸 대가로 보수를 제법 두둑이 챙겼으니, 소하를 사천 분타까지 안내해 주는 데는 아무런 불만이 없었다.

"이제 도착이네."

"우와."

소하는 문득 그녀가 가리킨 방향을 보며 탄성을 질렀다. 이제까지 몇몇 사람이나 마차만이 드문드문 눈에 들어오던 것과 달리 한눈에도 인파가 불어난 게 보였기 때문이었다.

넓게 펼쳐진 초원과 가도가 이어진 곳에는 거대한 도시가 보이고 있었다.

이제까지 보았던 장소들과는 비교하기 어려울 정도로 큰 모습이었다.

"성도(成都)는 좋은 곳이지."

그녀는 앞으로 향하며 그리 중얼거렸다. 이제까지 길을 조금 돌아서 오느라 고생했기 때문에, 얼른 들어가 방을 잡고 싶은 마음이 굴뚝같았다.

'게다가 아직까지 소식은 없어.'

일접영에 관련된 소식을 접하기는 어려웠다. 일부러 청옥문을 비롯한 무인들의 뒤를 밟지 않고 그들과 떨어져 정보를 캐내려 했지만, 아직 그 궤에 대해서는 여러 소문만이 무성할 뿐이었다.

내심 마음이 놓이긴 했지만, 그렇다고 해서 마냥 가만히 있을 수는 없는 일이다.

이설은 소하와 함께 발걸음을 옮겨 성도로 들어섰다.

"시끌벅적하네요."

주변은 온통 사람들의 소리로 가득 차서, 서로 대화를 하려면 고개를 바짝 붙여야 할 정도였다. 이설은 씩 웃으며 소하에게 중얼거렸다.

"원래 사람이 많은 곳이거든. 밤이 되면 더 심해져."

"아이고."

소하는 사람이 이렇게나 복작대는 것을 본 적이 없었기에 현기증이 일 것만 같았다.

"일단 사천 분타로 가보는 게… 앞 안 보면 넘어진다, 요 녀석아."

이설의 목소리에 소하는 냉큼 고개를 돌렸다.

"아주 음흉하시구만."

그녀의 목소리가 살짝 짓궂게 변했다.

"그렇게 좋냐."

소하는 사방에 지나다니는 여인들에게 절로 눈길을 주고 있었던 것이다.

소하는 시선을 들킨 것이 부끄러웠는지 이설의 히죽거리는 눈을 이리저리 피하려 하고 있었다.

"그래. 너도 남자라는 걸 이해하겠어. 분타에 가면 아주 기절하겠구나."

"으, 그게… 아니다, 네, 예쁜 사람들이 정말 많네요."

결국 인정하는 소하에게 웃어준 이설은 이내 자신도 주변을 둘러보았다.

화려한 색감의 옷을 입은 여인들이 매력적인 미소를 지은 채 걷고 있었다. 군데군데 소하와 같이 홀린 듯 그녀들을 바라보는 이들도 존재했다. 아마도 처음 사천에 온 촌뜨기들일 것이다.

"뭐, 다 화장이지."

"그래요?"

"아직 네가 여자를 잘 모르는구나."

어른스럽게 호호 웃는 이설을 믿음직스럽지 않게 바라본 소하는, 걸어가면서도 계속 곁눈질로 여러 여성을 바라보았다.

그러던 중, 소하는 가사(袈裟)를 입은 여인들을 보았다. 장삼(長衫) 위에 걸친 법복을 본 소하는 어색한 표정을 지을 수밖에 없었다.

"아, 아미파(峨嵋派)의 비구니(比丘尼)들이구나. 너무 빤히 보진 마. 성을 낼 수도 있어."

"무림에는 쳐다보면 화를 내는 사람들이 많네요."

소하의 말에 이설은 킥킥 소리를 냈다.

"다들 서로를 경계하고 있으니까."

묘한 기운이 떠도는 말이었다. 소하는 문득, 이리저리 섞여서 북적거리는 인파를 다시금 돌아보았다.

확실히 느낌이 다른 이들이 있다. 아미파의 비구니들을 비롯해 허리에 무기를 찬 몇몇의 무인은, 계속해서 서로를 경계하며 걸음을 옮기고 있었다.

쓸쓸하다는 생각이 들었다.

그러던 중, 소하는 가사를 입은 여인 한 명과 시선이 맞았다.

머리를 짧게 깎은 이들이 대부분이었지만, 몇몇 여인은 아직

긴 머리를 그대로 간직하고 있었다.

그 여인도 그중 하나였다.

마치 백자(白磁)를 보는 것만 같았다.

하얗게 다듬어진 피부와 콧날, 그리고 흑옥(黑玉) 같은 두 눈동자가 소하를 향하고 있었다.

'윽, 예쁜 사람이 또 있네.'

자꾸 쳐다보면 안 된다는 이설의 말을 떠올렸기에, 소하는 얼른 고개를 돌리며 그녀의 뒤를 부산하게 따라갔다.

"연매(姸妹), 무슨 일이야?"

사라져 버리는 소하의 뒷모습을 빤히 바라보던 여인은, 이내 뒤에서 들려오는 목소리에 고개를 돌렸다.

"신기한 사람을 봐서요."

"사천은 무인들이 많지."

아미파의 비구니들은 보통 문파를 나서지 않는다. 그들은 시천월교의 싸움 이후 구도(求道)를 이유로 문을 굳게 걸어 잠궜었기 때문이었다.

"그런 것보다도……."

여인은 잠시 말을 멈췄다. 스스로의 눈을 의심했기 때문이다.

"얼마나 매력적이었으면? 연매에게 드디어 연분(緣分)이 오는 거야?"

뒤쪽에서 비구니 몇몇이 킥킥거리는 웃음을 지었다. 웃는 이들은 모두 머리를 깎지 않은, 아미파의 속가제자(俗家弟子)들이었다.

"묵언(默言)."

그 목소리에 다들 헙 입을 다물었다.

앞에서 모두를 선도하던 한 비구니는 주름진 얼굴에 싸늘한 기색을 씌운 채 그녀들을 바라보고 있었다.

"경동하지 말라고 일찍이 말했을 터다."

"죄송합니다, 사태(師太)."

아미의 현 장문인인 구영(仇永)사태는 서릿발 같은 눈으로 그들을 주시하며 말했다.

"우리는 지금의 아미를 대표한다. 너희의 행동 하나하나를 되새기거라."

여인들이 모두 고개를 숙이자, 그녀는 다시 걸음을 옮기기 시작했다.

연매라 불렀던 여인, 자소연(姿昭姸)은 이전 보았던 소하의 뒷모습을 조용히 되새겨 보았다.

'잘못 본 걸까?'

그녀는 후우 하고 길게 한숨을 내쉬었다. 지금 함부로 다시 고개를 돌린다거나 하는 일은 생각할 수 없었다. 그러나 여전히 의문은 남게 마련이다.

'그런 내공을 지닌 사람이 있다니.'

*   *   *

"여, 여긴……."

"아까 내가 말했었지?"

이설이 안내한 하오문 사천 분타의 입구에 선 소하는 입을 쩍 벌릴 수밖에 없었다.

은은한 현음(絃音)이 들려온다. 그리고 여인들의 웃음소리도 간간히 문밖까지 전해지고 있었다.

이설은 거침없이 앞으로 다가가 큰 나무문에 손을 얹었다. 쩔쩔매고 있는 소하가 귀엽다는 표정이었다.

"기루는 가본 적이 없겠네?"

"다, 당연하죠."

여인의 분 냄새에 머리가 어질어질하다. 소하의 그런 모습에 이설은 웃음을 보낸 뒤 나무문을 열었다.

"자(仔)."

그녀의 나지막한 목소리에, 안쪽에 서 있던 덩치 큰 거한 하나가 답했다.

"운(芸)."

"엽(葉)."

암구호를 주고받은 거한은 고개를 끄덕이며 문을 완전히 열었다.

나무문이 느릿하게 열리자, 그 안에서는 따스한 온기가 바람을 타고 소하의 뺨을 건드리고 있었다.

"여기가 사천제일루라고 불리는 영화루(榮華樓)야."

그녀는 문을 연 채로 씩 웃었다.

고급 목재로 만들어진 바닥을 밟으며 앞으로 나가던 소하는, 이내 창호지 안에서 요염한 움직임을 보이며 웃음을 짓는 여인들을 보았다.

수백 개에 이르는 방이 좌우로 자리해 있고, 가운데에 있는 큰 공간에는 탁자와 의자를 놔둬 술을 마실 수 있도록 자리를 마련해 두었다.

그런 곳이 빈틈없이 꽉 차있다. 소하는 남자들의 목소리와 여인의 간드러지는 콧소리가 뒤섞여 들려오는 것에 고개를 절레절레 저었다.

"후덥지근하네요."

"그래야 옷을 벗기 쉽지."

무슨 소리를 하냐는 소하의 눈에 이설은 못 참겠다는 듯 웃음을 흘렸다.

"계속 웃기만 하네요, 누나."

소하의 불만스런 목소리에 이설은 눈물까지 나는 듯 손가락으로 눈가를 문지르며 미소를 지었다.

"아냐, 아냐. 어린애 골려먹기도 진력이 난다. 어서 들어가. 이쪽이야."

그녀가 손짓을 하자, 이윽고 손님들을 감시하고 있던 거한 둘이 재빠르게 움직인다.

소하는 자신들을 감싸며 이동하는 그들의 발걸음에 놀랄 수밖에 없었다.

'빠른 건 아닌데.'

특이하게도 그들은 손님들에게 소하와 이설의 모습을 거의 노출시키지 않으며 이동하고 있었다. 하오문만의 비법인 모양이었다.

"호련인가. 제법 빨리 왔군."

들어선 방은 매캐한 연기 냄새가 났다. 탁자에 불이 붙은 채로 올려 진 담뱃대 때문일 것이다.

연기 때문에 시야가 흐릿하다.

그리고 그 안에는 쭈글쭈글한 얼굴의 노인 한 명이 매부리코를 찡그리며 앉아 있었다.

"오랜만이에요, 염노(捻老)."

"호련에서 제법 활약한다고 들었는데, 사천까진 어쩐 일이지? 네 일에 이곳까지 포함되어 있진 않았을 텐데?"

다짜고짜 치고 들어오는 말에 이설은 속으로 혀를 찼다.

'여전히 기분 나쁜 영감이야.'

그는 담뱃대를 붙잡아 입에 물며 이설의 뒤에 있는 소하를 노려보았다.

"게다가 처음 보는 꼬마까지… 뭐냐. 시종이라도 들인 게냐?"

"그래 보여요?"

은근한 물음. 그것에 염노는 깊게 연기를 뱉으며 소하에게로 눈을 향했다.

번쩍인다.

소하는 그의 눈에서 한줄기 기광이 스쳐 지나가는 걸 놓치지 않았다.

"듣고 싶은 걸 말해라."

"궤에 대한 정보가 새고 있어요."

염노의 눈이 일그러졌다.

담뱃대를 툭툭 물던 잇소리가 멈췄고, 염노는 신경질적으로 손을 허공에 휘둘렀다.

"문 닫고, 눈 살펴라."

그 말에 거한 두 명은 즉시 물러서며 동시에 문을 닫았다. 드르륵 소리와 함께 문이 부딪치는 소리만이 무겁게 그 자리를 채울 뿐이었다.

"여전히 맹랑하군. 그걸 함부로 말해?"

"청옥문 같은 젊은 자들도 이미 다 알고 있던데요. 염노가 모른다는 건… 일접영을 죽이려는 건 아니겠군요."

"그는 망접에서 실력이 좋은 자 중 하나다. 이렇게 죽이는 건 수지가 안 맞아."

그 말에 소하는 슬쩍 눈살을 찌푸렸다. 염노의 말은, 마치 자신의 이득이 된다면 아무리 능력이 좋은 자라도 거침없이 죽일 수 있다고 말하는 것 같았다.

"묵궤에 대한 게 새고 있다… 흐음."

염노는 담뱃대를 빨며 코로 연기를 뱉어냈다.

"문외(門外)에게 알리고 싶진 않군."

"이 아이는 따로 원하는 정보가 있어요."

염노의 입가에 비릿한 웃음이 매달렸다.

"친질도 하구먼. 저환(苧環)! 안내해 줘라."

그것에 거한 중 한 명이 소하의 앞에 섰다. 그를 내보내려는 것이다. 잠시 이설과 시선을 맞춘 소하는 이윽고 저환이라는 남자와 함께 방을 나섰다.

'익숙해지진 않네.'

밖으로 나서자 다시 향내가 코를 찌른다.

소하는 얼굴을 살짝 찌푸린 채 저환이란 자의 뒤를 따라 걸었다.

그런데.

옆을 훑어보던 소하의 눈이, 누군가를 보았다.

영화루의 중심, 그곳에서 술을 마시고 있는 남자.

아무 기녀도 데리고 있지 않았으며, 어두운 청색의 무복을 입고 있었다.

소하가 느낀 위화감.

그것이 무엇인지 소하는 똑똑히 알고 있었다.

"위험해요!"

저환의 허리를 붙잡은 순간, 소하는 즉시 그를 옆으로 내던졌다.

쏴아아아악!

허공을 가르는 소리.

소하의 몸이 뒤로 젖혀지며 땅을 나뒹굴었다.

'이건……!'

터터텅!

무언가가 벽에 박히는 소리가 일었다.

그리고.

"아, 아아아악!"

몸에 날카로운 비도(飛刀)가 쑤셔 박힌 한 남자가, 마시던 술병과 함께 바닥에 나뒹굴고 있었다.

"이게 무슨……!"

저환은 당황해 일어서던 중, 이내 누군가가 비도를 쏘아냈다는 것을 깨달았다.

의자가 엎어지는 소리가 일었다.

몇 명의 손님이 갑작스레 서슬 퍼런 살기를 드러내며 일어서기 시작한 것이다.

"습격이다!"

저환의 외침과 동시에 그들은 허리춤에 숨겨놨던 무기를 빼들었다.

소하는 자신의 눈을 믿을 수 없었다.

"꺄아아악!"

비명과 함께 붉은 핏물을 흘리며 나자빠지는 기녀의 모습에 안에 있던 수백 명의 인파가 동시에 혼란에 빠졌다.

탁자를 타고 올라가는 적들. 소하는 다급히 도망치는 사람들에 시야가 가려져 그들을 미처 제대로 볼 수 없었다.

"잠깐……!"

사람들이 치고 지나가는 것을 밀어낸 소하는, 이윽고 탁자를 타 넘은 자들이 얼굴에 가면(假面)을 쓰며 동시에 한곳으로 쏟아져 간다는 걸 알 수 있었다.

그 장소.

소하는 몸을 돌리며 고함을 질렀다.

"이설 누나!"

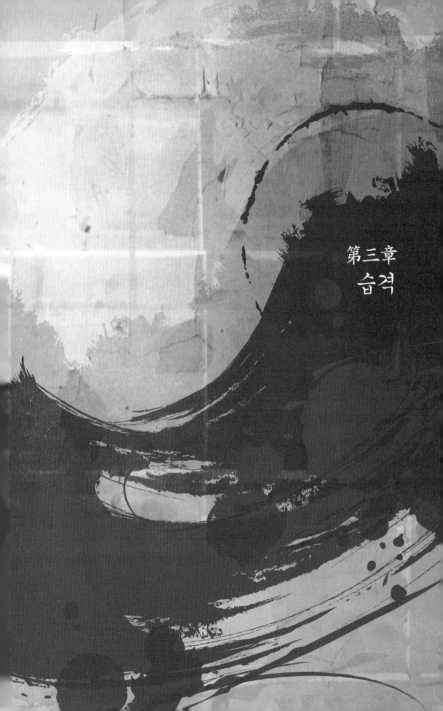

第三章
습격

"궤를 노리는 놈들이 누군지는 우리도 알 수 없다."

염노는 그리 말했다. 정보를 다루는 하오문의 여러 분타들 중에서도 가장 크고 많은 정보를 다루는 사천 분타가 그렇다는 건, 정말로 하오문이 알 수 없는 정보일 가능성이 높았다.

"다만 조직적이야. 이번 소문 역시⋯ 아마도 그놈들이 퍼뜨렸을 가능성이 높지."

"우리가 궤를 가지고 있다는 것도요?"

염노는 고개를 끄덕였다.

"망접의 움직임을 읽을 수 있는 자들은 극히 적다. 하물며 일접영이라면⋯⋯."

그 말에 이설은 눈가를 찌푸렸다. 염노가 하고자 하는 말뜻을 이해했기 때문이었다.

"문내(門內)에 간자(間者)가 있군요."

"뭐, 이득이 된다면 부모라도 배신하라는 게 우리 전통이니까."

염노는 뻐끔뻐끔 담뱃대에서 연기를 내뿜으며 조용히 이설을 바라보았다.

"어쩔 테냐? 네 아무것도 아닌 수준의 힘으로는 일접영을 몰아가는 수많은 무인을 이기기란 불가능해."

맞는 말이다. 이설은 입술을 깨물며 염노를 바라보았다. 그러나 여전히 염노는 느긋한 표정으로 그녀를 마주 보고 있을 뿐이었다.

"왜 그를 돕지 않으시죠?"

"고작해야 한 명이다."

염노는 풀을 짓이긴 것을 담뱃대에 다시 채워 넣으며 중얼거렸다. 약쑥 냄새가 은은하게 허공에 퍼지고 있었다.

"그 결과 드러나는 정보가 천금(千金)에 달할진대, 어찌 그걸 막겠느냐?"

'돈이 되니까, 죽이겠다는 건가.'

일접영을 노리는 세력, 정확히 말하자면 묵궤를 노리는 세력에 대해 알고 싶다는 뜻이다.

일접영은 미끼나 다름없었다.

이설은 바르르 손을 떨었다.

"그가 네 은인이라는 것은 안다."

염노는 그리 밀하며 담뱃대를 다시 입에 물었다.

"하지만 경우가 달라. 이번에 나는 너를 도와줄 수 없다. 호련주(瑚璉主)도 아마 그리 말할 게다."

일찍이 사천 분타에서 자란 이설은, 염노를 비롯한 이곳의 몇몇 인물과 안면이 있는 사이였다. 그렇기에 이곳에서 일접영의 보호를 부탁하려 했던 것이다.

"알려야만 해요."

"네 움직임이 천하제일경공이라는 십이능파라도 되더냐? 단박에 눈치를 채일 테고, 그들은 다시 어둠 속으로 숨어버리겠지."

쯧쯧 혀를 찬 염노는 이내 고개를 저었다.

"그건 멍청한 짓이야."

"사람 목숨을 내버려 두는 건, 멍청한 짓이 아닌가요?"

염노의 입가에 희미한 웃음이 흘렀다.

"어리군. 그럴 나이인가."

이설은 고개를 숙였다. 어차피 염노는 자신의 말을 들어줄 생각이 없었다.

그런데.

"소란스럽군."

염노의 말에 이설도 고개를 돌렸다. 우당탕 소리와 함께 사람들의 비명이 울리고 있었다.

영화루는 사천의 유명한 기루, 그만큼 많은 무인이 들르기도 하는 데다 꽤나 실력 있는 자들이 경비를 서고 있어 사고가 잦

게 일어나는 곳은 아니었다.

"밖에 무슨 일이……."

말이 끝나기도 전, 퍽 소리가 들리며 나무문을 뚫고 비도의 날 부분이 튀어나왔다.

이설과 염노의 얼굴이 동시에 굳어졌다.

"허."

염노는 담뱃대를 탁자에 내려놓으며 인상을 찡그렸다.

"이건 예상 못했군."

콰지지직!

문이 뜯어진다.

단숨에 무너지는 문밖으로 보인 것은, 붉은 가면을 쓴 두 명의 모습이었다.

가면에는 붉은 얼굴의 귀신(鬼神)이 그려져 있었다.

그들의 손에 들린 섬뜩한 칼을 본 이설은 즉시 자세를 숙이며 탁자에 놓여 있던 찻잔을 집어던졌다.

챙!

칼에 얻어맞은 찻잔이 나가떨어지자 그녀는 인상을 찡그렸다.

'누구지?'

붉은 가면에 대해서 아는 바는 없었다. 염노 역시 입을 살짝 벌린 채로 그들을 빤히 바라보고 있을 뿐이었다.

"네놈들은……."

섬광이 번쩍였다.

"위험해요!"

이설이 염노를 밀어 바닥으로 넘어뜨린 순간, 은빛 광채가 그들의 사이를 스치고 지나갔다.

쇄칵!

책장에 길쭉한 상흔이 생기며 찢겨진 종이가 흩날린다. 상대방의 출수(出手) 한 번에 이설은 자신이 이기지 못할 자라는 것을 직감했다.

'강해. 더군다나……!'

그런 자가 둘이다. 이설은 인상을 찡그릴 수밖에 없었다.

바깥에선 벌써 난리가 일어났다.

베인 부하들의 핏물이 바닥에 흐르는 걸 본 염노의 눈가가 잔뜩 일그러졌다.

"이런 육시럴 놈들. 여기가 어딘지 알고 이러는 거냐."

그러나 그들은 답하지 않는다.

그저 조용히 다음 공격을 준비할 뿐이다.

칼을 휘둘렀던 자의 손이 다시 희끗거리며 흐트러졌다.

그 순간.

염노는 책상 아래에서 꺼낸 조그마한 침봉(針峰)을 앞으로 내밀었다.

쏴아아아앗!

빗소리가 들렸다. 염노가 꺼낸 것은 비봉침(飛蜂針). 상대에게 수십 발의 침을 일시에 퍼붓는 암기(暗器)였다.

그 순간 가면을 쓴 자는 꿈틀거리며 뒤로 물러섰다. 태세를 정비해 다시 덤벼들기 위해서다.

"육신이 금강불괴(金剛不壞)라도 되지 않는 한 무리다."

염노의 눈에는 짙은 노기가 스며들어 있었다.

"하오문을 허투루 여겼구나. 습격자 놈들아."

그리고 곧, 침을 온몸에 맞은 자의 가면 아래에서 붉은 핏물이 주르륵 흘러내리기 시작했다. 부르르 떨리는 몸. 마치 발작이라도 하듯 그는 무릎을 꿇으며 주저앉았다.

비봉침에는 벌독이 발라져 있다. 맞는 순간 사지를 마비시키고 심하면 체내를 파괴하는 독. 수십 발을 온몸에 얻어맞았으니 당연한 결과라 할 수 있었다.

이윽고 그자가 끄르륵 소리를 내며 엎어지자, 다른 한 명은 허리춤에 매어져 있는 칼자루를 붙잡았다.

'곡도(曲刀).'

이설은 자세를 움츠리며 눈살을 찌푸렸다.

이 방 안에는 무기로 쓸 만한 것이 없다. 지금 염노가 사용한 비봉침은 어디까지나 일회용 무기. 그걸 알기에 염노는 억지로 입을 열어 적에게 겁을 주고 있었던 것이다.

"허장성세(虛張聲勢)."

가면을 쓴 자의 입에서 흘러나온 목소리에 이설의 눈이 흔들렸다.

마치 철판을 긁는 것 같은 걸걸한 목소리였다.

가면을 쓴 자는 두텁게 발달한 목 근육을 돌리며 칼을 빼들고 있었다.

"주둥이만 나불대는 게 하오문이지."

"놈······!"

써억!

이설은 아무것도 할 수 없었다.

뒤쪽에서 쓰러져 있던 자 하나가, 번개처럼 일어나 가면을 쓴 자의 등을 내려치려 했다.

하지만 질풍처럼 뻗어나간 곡도는 단숨에 그의 목을 날려 버렸다.

사람의 목이 빙글빙글 돌아 허공으로 솟구치는 모습.

그와 동시에 붉은 핏물이 쏟아져 나왔다.

섬뜩할 정도의 쾌도(快刀)다. 게다가 그는 뒤를 바라보지도 않았다.

염노는 이를 부드득 갈았다.

"목적이 무엇이냐."

"네가 알 필요는 없다, 늙은이."

도에서 핏물이 방울져 뚝뚝 떨어져 내리고 있었다.

저 칼날이 단숨에 자신과 염노의 목을 찢어내리라는 걸 알고 있었기에, 이설은 침을 삼키는 것마저 제대로 할 수 없었다.

몸이 덜덜 떨린다.

"그저 죽으면 되는 일."

가면을 쓴 자는 그리 말하며, 동시에 염노에게로 참격을 날리려 했다.

그때 허공에서 그림자가 어리고 있었다.

또다시 누군가가 달려든 것이다.

쐐애애액!

귀찮은 적을 일격에 없애 버리기 위해 다시금 가면을 쓴 남자의 팔이 뒤로 휘둘러졌다.

이번에도 같았다. 뒤를 돌아볼 필요는 없었다. 어차피 하오문 정도의 수준 낮은 자들이라면 자신의 일도를 받아내지도 못할 것이니 말이다.

카앙!

그런데 남자의 얼굴이 급하게 뒤로 돌아갔다.

그곳에는 공중에 뛰어오른 채로 도격을 쳐 낸 소하의 모습이 보였다.

팔이 튕겨 올랐다.

소하는 저릿한 아픔이 밀려드는 것에 인상을 썼다.

"뭣⋯⋯!"

가면의 남자 역시 당황할 수밖에 없었다. 척 봐도 새파랗게 어린아이가 자신의 공격을 받아낼 줄이야!

소하의 발이 벽을 박참과 동시에 빙글 돌았다.

"저건!"

염노의 눈이 휘둥그레졌다.

단숨에 쏟아져 나가는 각영(脚影).

"큭!"

붉은 가면의 남자는 자신의 가슴에 틀어박히는 발에 신음을 쏟아냈다.

소하 역시 다리에 전해져 오는 아픔을 느꼈다.

반탄력(反彈力).

"원래 보통은 선수필승(先手必勝)이라고들 하는데, 사실 센 놈
들을 만나게 되면 선공이 불리한 경우가 많다. 네가 가진 무공을
보여줘 버리는 거니까. 반탄기(反彈技)를 배운 놈들은 골치 아프
거든."

마 노인의 말이 순간 머리를 떠돌았다.

그리고 소하는 자신의 눈앞으로 날아드는 섬광에 재빨리 고
개를 숙일 수밖에 없었다.

써걱!

음울한 소리와 함께 벽이 통째로 금이 가며 무너져 내렸다.

그러나 그는 노기를 내뿜을 수밖에 없었다.

"두 번째에도 죽지 않다니."

그의 앞에는, 땅바닥에 납작 달라붙은 채로 다시 솟구쳐 오
르는 소하가 있었다.

"성가시구나!"

"어이없는 소리를 다 하네!"

소하는 검을 휘둘러 그 도격을 받아치며 마주 고함질렀다.

"죽긴 누가 죽어!"

*   *   *

비명이 들렸다.

도망치는 사람들의 모습.

고운 선의 청년, 운요는 천천히 술잔을 기울이며 중얼거렸다.

"혈풍(血風)이 불 것 같아."

"그렇군요."

그의 옆에는 한 여인이 앉아 있었다. 작은 키는 걸쳐 입은 화려한 옷에 어울리지 않는다 느껴지기도 했지만, 기품 있는 행동과 목소리에 그러한 위화감은 사라져 버린다.

그녀는 운요의 빈 술잔에 다시 술을 따르며 말했다.

"나서지 않으실 건가요?"

사람이 죽고 있다.

운요는 옆을 바라보았다.

도망치는 사람들의 모습. 그리고 몇 명은 베였는지 찢어지는 비명과 함께 땅을 나뒹굴고 있었다.

"어차피 다들 언젠가 죽을 거잖아."

"그런가요."

여인은 하얀 턱 위에 손가락을 얹으며 중얼거렸다.

"역시, 운요 님은 여전하군요."

"한심한 꼴이?"

그녀는 새침하게 웃어 보일 뿐이었다.

"거짓말쟁이인 점이 말이죠."

그러던 중.

카아아앙!

공기가 흔들렸다.

운요의 눈썹이 살짝 움직였다. 술잔을 입으로 가져가던 손도 멈췄다.

'이건?'

아마 이 기루에서 방금의 기운을 느낀 자들은 얼마 되지 않을 것이다.

"운요 님?"

여인이 고개를 갸웃거리는 것에 운요는 힘없는 미소를 보였다.

"아무것도 아니야."

비명이 들렸다.

"전 가봐야 할 것 같아요."

"죽을지도 몰라."

이곳에 있는 편이 더 안전할 수도 있다.

운요의 목소리에 그녀는 살풋 웃어 보였다.

"함께 있는 사람들이 죽는 건 싫으니까요."

"도망가."

"운요 님도 보중(保重)하시길."

그 말을 남긴 채 일어서며 떠나가는 그녀의 모습을 바라보던 운요는 결국 그녀를 붙잡지 않고 홀로 자리에 남았다.

술잔을 기울이는 순간에도 비명이 들렸다.

그것을 들을 때마다, 목소리들이 뭉게뭉게 귓가에 어리는 것만 같았다.

'고수가 있는 건가.'

느껴지는 기운은 내공의 부딪침이었다. 게다가 그 수준이 고
절하다. 운요는 그리 생각하며 깊은 한숨을 내뱉었다.

'나와는 상관없는 일이지.'

하지만 계속해서 그 울림이 들려올수록 조금씩 시선이 가게
되었다.

손아귀가 꿈틀거린다.

운요는 헛웃음을 지었다.

별수 없이 일어선다. 휘청거리는 몸으로 그는 긴 옷자락을
땅에 질질 끌며 천천히 앞쪽을 바라보았다.

"느려."

앞에서 한 무인이 검을 빼 들고 가면을 쓴 자와 대적하고 있
었다.

술에 취해 붉은 얼굴. 그리고 여인과 몸을 섞기 위해 혁대를
다 풀러놔서 옷이 거추장스럽다.

그 모습 하나만으로도 운요는 앞으로 일어날 일을 알 수 있
었다.

"크아아악!"

가면의 남자는 신속하게 칼을 그의 가슴에 꽂아 넣었다. 제
대로 대처도 취하지 못한 남자는 부르르 떨며 비명을 내지르
고 있었다.

운요는 그것에서 눈을 돌리며 옆쪽을 쳐다보았다.

그 순간 그는 눈을 크게 떴다.

"왜."

그곳에선 기녀들이 도망치려던 도중, 가면의 남자들에게 가로막혀 있었다.

한 여인이 칼을 든 채로 애처롭게 대치하고 있다.

자세도 엉망, 발디딤도 형편없다.

그럼에도 그 여인은, 뒤쪽의 사람들을 지키기 위해 무시무시한 기운을 뿜는 무인들과 대치하고 있는 것이다.

"수련(睡蓮)⋯⋯!"

운요의 입에서 처음으로 고함이 터져 나왔다.

그의 걸음이 다급해졌다. 가야만 한다. 그는 알 수 있었다.

잠시 후 그녀는 베인다. 무인들의 검은 단순한 쇠몽둥이가 아니다. 맞는 순간 살을 가르고 핏물을 쏟아내게 만들 무서운 흉기다.

운요는 자신의 옆으로 달려드는 가면의 남자를 보았다.

그는 조금 전의 남자를 죽인 뒤, 운요마저도 없애기 위해 살기 어린 칼날을 쏘아내고 있었다.

운요의 몸이 아래로 미끄러졌다. 숙여진 목 위로 칼날이 스쳐 지나갔고, 물 흐르듯 자연스레 운요의 손이 솟구쳐 올라 가면을 쓴 자의 턱을 올려쳤다.

파칵!

그의 목이 격렬한 충격으로 들려 올라간다. 그 순간 운요는 옆을 노려보며 그의 손아귀를 붙잡았다.

단숨에 분질러지는 손목. 그가 가면 안에서 신음을 쏟아내는 것에 운요는 그대로 팔을 휘둘렀다.

덤벼드는 자를 베어버린 뒤, 그는 다급히 앞을 쳐다보았다. 수련이란 기녀에게로 한 무인이 검을 휘두르고 있었다.

늦다.

몸이 물 먹은 솜처럼 느려지는 것만 같았다.

"내 대에서 완성되지 못한 비검(秘劍). 하지만 이것을 네게 잇는 이유는 가능성을 믿기 때문이다."

아니다.

운요는 죽어가던 자신의 사부에게 그리 말하고 싶었다.

나는 아무것도 할 수 없다.

청성의 문기(門旗)가 불타 사라질 때에도, 사숙을 비롯한 모두가 피를 뿌리며 시천월교의 무인들에게 죽어갈 때에도, 그저 무력할 뿐이었다.

그렇기에 포기했다.

멸문한 문파를 다시 일으켜 세운다는 생각 따윈 버렸다. 그저 하루하루, 허망하게 시간을 죽여 가며 살아가려 했었다.

수련의 팔이 튕겨 나간다. 칼을 들고 휘두르기엔 그녀의 가느다란 팔은 너무나도 연약했다.

손을 뻗어도 거리는 너무나 멀었다.

아무것도 할 수 없다. 무력할 뿐이다.

그렇게 운요의 발걸음이 느려지려 했다.

허공에서 무언가가 튕겨 나오지 않았다면 말이다.

가면을 쓴 무인의 몸이 굽혀진다.

누군가의 몸이 틀어박힌 것이다.

"크학!"

우당탕!

비명과 함께 큰 소리를 내며 탁자가 엎어지고 술병들이 깨졌다.

"으아!"

수련을 포함한 모든 기녀가 눈을 동그랗게 뜬 채로 앞을 바라보았다. 먼지가 이는 곳에서 소년의 목소리가 들리고 있었던 것이다.

운요 역시 마찬가지였다.

다급히 수련의 옆에 도착한 그는 숨을 헐떡이며 앞을 바라보았다.

그곳에는 머리부터 고꾸라져 있는 가면의 남자와, 그에게 들이박았던 소하가 자리해 있었다.

다들 벙쪄 있는 가운데, 소하는 아픈 정수리를 문지르며 인상을 썼다.

"아파 죽겠네!"

어떻게든 천양진기로 충격을 경감하긴 했지만, 그래도 온몸이 저릿저릿할 정도의 아픔이 전해져 왔다.

그리고 얼마가 지나서야, 소하는 자신을 바라보고 있는 멍한 시선들을 느낄 수 있었다.

"뭐, 뭐지."

소하가 멍하니 그리 말하자 그때서야 정신을 차린 운요가 급히 발을 옮겼다.

"수련!"

그녀 역시 운요가 있다는 사실을 알지 못했는지, 깜짝 놀란 표정을 짓고 있었다.

"운요 님."

"이 멍청한……!"

그는 수련의 팔목을 붙들며 인상을 찡그렸다.

"도망치라고 했잖아!"

동그랗게 변했던 수련의 눈이, 이윽고 운요의 다급한 목소리에 살짝 구부러졌다.

"역시, 운요 님은……."

신음 소리가 들렸다. 아까 소하에게 옆구리를 얻어맞았던 무인이 정신을 차리고 있는 것이다.

소하는 그 순간 운요의 팔에서 검광이 번쩍이는 것을 보았다.

파파팟!

순간 무인의 가슴에서 핏물이 솟았다.

단숨에 그를 절명시킨 운요는 이내 입술을 꽉 깨물며 수련과 기녀들을 바라보았다.

"빨리 움직여. 이런 놈들이 즐비하니까."

결국 수련은 고개를 끄덕였다. 그녀는 검을 조심스레 운요에게 넘겨주며, 애처로운 표정으로 그를 바라보았다.

"죽지 마세요."

"못 죽어."

운요는 그리 말하며 몸을 돌렸다. 그가 이들을 재촉할 수밖에 없던 이유.

이곳에서 느껴지는 자들 중 가장 강한 기운을 내뿜는 자가 이리로 오고 있었다.

곡도를 든 붉은 가면의 무인은 목을 뚜둑 소리가 나도록 꺾으며 말을 꺼냈다.

"튼튼한 놈이로군. 이십 합을 부딪쳤는데도……."

소하는 숨을 크게 내뱉으며 자리에서 일어섰다. 손에 든 검은 넝마처럼 구겨져 있었다. 소하의 기운을 머금으면서 저자의 곡도와 충돌한 탓이었다.

"이봐."

소하는 자신에게 던져지는 칼을 보았다.

수련이 들고 있던 칼을 넘겨준 운요는, 이내 긴장한 표정으로 앞을 쳐다보며 물었다.

"여기 사람인가?"

"아니요."

소하의 답에 운요는 살짝 고개를 끄덕였다. 그가 느꼈던 거대한 내공의 충돌은, 아마 저자와 소하의 싸움이었던 모양이었다.

소하와 운요를 보자마자 남자의 곡도가 흔들렸다.

온다.

소하는 자신을 날려 버렸던 공격을 회상하며 인상을 찌푸렸다. 그의 무공은 허공을 넘어 상대를 격하는 힘을 가진 모양이었다.

"우리 무공을 익히면 천하무적일 것 같냐? 아니다. 쓰는 놈에 따라 삼류라고 불리는 공부도 천하제일이 될 수 있고, 천하제일의 힘을 지녔어도 다루는 놈이 삼류일 수도 있지."

척 노인은 무공에 대해 그리 평했다. 그는 항상 자신에 대해 엄격했다. 소하에게도 늘 무인이란 자신을 객관적으로 바라볼 수 있어야 한다고 가르쳤었다.

'나는 아직, 저런 무공에 대처하기 어려워.'

천영군림보로 회피만 한다면, 저자는 즉시 이설과 염노를 죽이려 들 것이 분명했다. 그렇기에 억지로라도 그와 계속 검을 부딪쳤던 것이다.

그러나 지금은?

소하는 그의 빈틈을 찾는 것이 어려웠다.

더군다나 옆에는 다른 사람까지 있는 터였다.

그런데.

쩌어엉!

경력이 울렸다.

가면을 쓴 자의 시선이 처음으로 운요에게로 향했다. 소하만 신경 썼던지라 운요가 말려들어 죽든 말든 상관하지 않았던 것이다.

운요는 일검에 남자의 공격을 상쇄하며 조용히 말을 이었다.

"이름이 뭐지?"

"소, 소하인데요."

갑작스레 마르고 가냘프다 느껴졌던 운요의 전신에서 묵직한 기운이 쏟아져 나오기 시작했다.

"소하, 네 덕에 수련이 살았다."

"호오."

가면을 쓴 자는 흥미롭다는 듯 조용히 곡도를 겨누었다.

운요의 몸에서는, 마치 주변이 모조리 냉엄(冷嚴)해진 듯 서슬 퍼런 기운이 은은하게 사방으로 퍼져 나가고 있었다.

"은혜를 입었으니."

마치 나뭇가지가 급속도로 자라나는 듯, 이리저리 공중에서 너울너울 퍼져 나가는 모습이었다.

"돕도록 하지."

*   *   *

"대체 갑자기 무슨……."

이설은 허둥지둥 자리에서 일어서며 그리 중얼거렸다. 소하가 가면의 남자를 끌고 바깥으로 나간 덕에, 어떻게든 공격을 피할 수 있었던 것이다.

"끙. 궤 때문이겠지."

염노의 목소리에 이설은 눈살을 찡그렸다. 갑자기 그게 무슨 소리인가?

"우리가 그저 손을 놓고 있었을 줄만 알았느냐? 일접영의 행동은 이미 우리와 연계되어 있었다."

그는 무너진 책상 속에 손을 뻗어 무언가를 뒤적거리고 있었다.

"뭐라고요?"

이설이 당황해 눈을 크게 뜨자, 염노는 겨우 꺼낸 담뱃대를 다시 입에 물며 말을 이었다.

"미끼를 너무 거하게 물었군. 대체 이놈들은……."

"괜찮으십니까!"

저환을 비롯한 몇 명의 장한이 다급히 안쪽으로 들어왔다. 염노는 손을 휘휘 저으며 그들에게 말했다.

"여기는 신경 끄고, 빨리 외장(外裝) 가동시켜서 저 녀석들 죽일 놈들이나 불러와라. 돈은 상관없으니까 이문(二文)급으로."

"예!"

황급히 물러가는 그들의 모습. 벌써 수십의 무인이 무기를 든 채로 가면을 쓴 자들과 싸우고 있는 상황이었다.

"대응이 빠르네요."

"알고 있었다, 조만간 어떻게든 이곳에 발을 들이리라는 걸."

염노는 머리를 긁적였다. 하지만 이렇게 대놓고 공격해 들어올 줄은.

"머리가 누군지는 몰라도, 제법 어리숙한 놈인가 보군."

비명이 들렸다. 싸우던 무인들의 계속된 공격에, 가면을 쓴 자들이 칼을 맞고 쓰러지기 시작한 것이다.

아무리 개인이 강하다 하더라도 수많은 이와의 싸움에서 이기기란 어려운 일이다. 하오문의 무인들은 그 점을 잘 알고 있었고, 한 명에게 다수가 달려들기를 꺼려하지 않았다.

점차 가면을 쓴 무인들이 밀리기 시작한다. 몇몇은 창밖으로 탈출했고 대항하던 이들은 칼을 맞고 쓰러진다.

"죽은 놈들 얼굴을 보면 얼추 상황 파악은 쉽겠고."

그러나 걱정 하나가 있었다.

"하나만 해결되면 되는데……."

투덜거리던 그는, 이내 바깥에서 일어나는 싸움 소리에 고개를 슬쩍 내밀었다.

"하지만 네 덕분에 한숨 돌렸구나."

"네?"

갑자기 자신에게 걸어온 말에 이설은 고개를 갸웃거렸다. 염노는 잔해 위에 걸터앉은 채 뻑뻑 담뱃대를 피며 중얼거렸다.

"어디서 데려왔느냐? 그런 놈을."

소하의 이야기였다. 염노는 담뱃대를 문 채, 멀리서 들리는 병장기 부딪치는 소리에 정신을 집중하고 있었다.

"그, 그건……."

"대답하지 않아도 좋다. 어차피 시간문제야."

카아아앙!

멀리서도 선명하게 들려온다. 주위의 모든 기운들을 모조리 빨아들이듯, 소하와 가면의 남자의 싸움은 묵직한 존재감을 지니고 있었다.

'뭐지?'

염노는 희미하게 보이는 검의 궤적을 주시하며 속으로 중얼거렸다.

'아까 본 건… 분명, 천영군림보였는데.'

*　　　　　*　　　　　*

수려(秀麗)하다.

소하는 운요의 검을 보며 그런 생각이 들었다.

허공에 은빛 궤적이 남는 순간, 마치 물이 번져나가듯 검광(劍光)이 번득였다.

챙! 챙! 챙!

곡도와 검이 교차하는 소리가 경쾌하다. 운요는 단숨에 앞으로 짓쳐 나가며 가면의 남자에게 검을 휘두르고 있었다.

곡도는 빠르고 신속하나, 운요의 검은 그마저도 쳐낼 수 있을 정도로 복잡한 변화를 지녔다. 소하는 손에 쥐어진 검병에 힘을 주며 앞을 응시했다.

마치 바람 같은 검. 운요의 칼날은 집요하게 남자의 가슴과 어깨를 노리며 물결치고 있었다.

마침내 남자는 거리를 벌려 경력을 가득 실은 곡도를 허공에 휘둘렀고, 아까와 같은 공격이 운요에게로 쏘아졌다.

콰아앗!

그러나 운요는 그것을 흩어버리며 묵묵히 가면의 남자를 주시할 뿐이었다.

"격조(格調)있는 검이군."

가면의 남자는 그리 중얼거렸다. 소하가 보기에도 운요의 검법은 확실히 알 수 없는 기품이 느껴졌다.

"명문의 검이라 느껴지는데, 알 수 있겠나?"

은근한 물음에 운요는 미간을 찡그렸다. 여유를 부리고 있다. 그의 실력으로는 그를 제대로 밀어붙일 수 없다는 뜻이었다.

숨을 거칠게 내쉬며 운요는 말을 이었다.

"…청성의 검이다."

"하."

가면의 남자는 고개를 주억거렸다.

"과연, 그게 송풍검(松風劍)인가. 명성은 익히 들었지."

청성파의 검공(劍功)인 송풍검. 운요는 그것을 극성으로 펼쳤음에도 아무런 상처가 없는 적을 보며 숨을 골랐다.

뒤쪽에서는 아직 미처 도망치지 못한 기녀들이 자리해 있는 터였다. 자신이 어떻게든 이자를 막아내야만 했다.

가면의 남자는 눈을 들었다. 운요의 수준은 상당했다. 자신과 칼을 겨뤘음에도 물러서지 않았고, 더군다나 아직 숨기고 있는 수가 있어 보였다.

'더군다나 저 꼬마.'

그는 소하가 자신과 운요를 계속해서 바라보고 있다는 사실을 알 수 있었다. 만약 소하가 끼어든다면? 상황은 확신할 수 없게 되어버리리라.

그는 핏방울이 어린 곡도를 비스듬히 내리며 주변을 살폈다. 하오문의 무인들이 가세하기 시작하니, 점차 패색이 짙어지고 있었다.

애초에 기습은 처음에만 효과를 보게 마련이다. 붉은 가면의 남자는 가만히 숨을 들이켜더니, 이내 후욱 하고 온몸에서 연기와 같은 기운을 끌어올렸다.

"힘이 약해 시천월교에게 멸문당했다고 들었는데, 아직 그 말미(末尾)가 남아 있었나 보군."

운요의 눈가에서 불똥이 튀었다.

"가면으로 자신을 숨기기만 하는 이가 청성을 입에 담지 마라."

"모욕에 말로만 답하는가?"

도발이다.

그걸 직감한 운요는 손을 앞으로 내밀며 자세를 잡았다. 굳이 저자의 도발에 넘어가 무작정 돌격할 마음은 없었던 것이다.

"안타깝군."

가면의 남자는 그리 말하며 곡도를 치켜 올렸다. 그의 몸에서 무시무시한 기운이 번지고 있었다.

"격정(激情)에 어린 청성검공을 한번 보고 싶었는데. 역시 도가(道家)의 검인가."

쿠웅!

땅을 딛는다. 그와 동시에 남자의 온몸에서 솟아나는 기운. 내공을 전신에 돌려 육체를 강화시킨 것이다.

마치 거대한 암석이 달려드는 느낌이었다. 운요는 그것을 본 순간 이를 꽉 깨물며 검을 휘둘렀고, 소하 역시 앞으로 뛰쳐나가 그대로 그 공격을 맞받아치려 했다.

꽈르르릉!

"으극……!"

운요의 입에서 붉은 핏물이 번졌다. 공격을 받아낸 순간, 막대한 충격이 몸을 습격한 것이다. 그리고 동시에 소하 역시 그 공격이 전신을 흐르는 것을 느끼곤 인상을 찡그렸다.

운요가 튕겨 나간다. 그 순간 소하는 몸을 휘돌려 그를 후려치려 했지만, 가면의 남자는 내공이 가득 어린 손으로 소하의 검을 붙잡아 동강내며 중얼거렸다.

"가진 무공은 고절한데, 내공을 쓰는 방식이 서투르다."

빠른 싸움에 미처 칼에까지 내공을 흘려보내지 못했던 것이다.

"그래서 죽는 거다."

반으로 부러진 칼의 모습. 소하는 남자의 곡도가 허공으로 치켜 올라간 것을 보았다.

'윽, 몸이……!'

소하는 몸이 무거워지는 것을 느꼈다. 지나친 내공의 사용으로 몸에 부담을 느끼고 있었지만, 그걸 눈치채는 게 너무 늦었다.

그 순간.

허공에서 빛살이 일었다.

쏴아악!

"음!"

남자는 자신의 가면을 쓸고 지나가는 감촉을 느끼며 고개를 돌렸다. 옷자락 소리와 함께 풍차처럼 회전한 그는, 이윽고 땅에 내려앉으며 섬뜩한 안광을 빛냈다.

"귀찮은 방해자가 또 늘었군."

그의 앞에는 두 명의 청년이 서 있었다. 들고 있는 것은 검.

칼을 늘어뜨린 두 명의 모습에 운요의 표정이 순간 굳어졌다.

"너희는……!"

"여전히 한심한 꼴이군, 운요."

냉막(冷寞)한 표정의 청년은 그리 말하며 자신의 검을 남자에게로 겨누었다.

"지금부터는 마음대로 굴지 못할 것이오."

"호오."

그는 곡도를 들며 천천히 웃음을 흘렸다.

"재미있군. 하나……."

가면을 쓴 남자의 눈에 이채가 흘렀다.

"시간이 되었다."

그가 땅을 박차는 순간, 두 청년은 재빨리 검을 쏘아내었다. 냉막한 표정의 청년은 단숨에 그의 종아리를 베려 했지만, 눈앞에 보인 것은 순식간에 허공을 찢는 검풍이었다.

푸화악!

냉막한 표정의 남자와 함께 청년의 얼굴에서 핏물이 솟구쳤다.

아래턱이 날아가는 것과 함께 목이 부러졌다.

핏물을 쏟아내는 동시에 고꾸라지는 모습에 모두의 몸이 굳어버리자 가면의 남자는 탁자 하나를 박차며 재빨리 창문 밖으로 사라져 버리고 말았다.

그리고 그와 동시에 살아 있던 습격자들이 모두 물러서기 시작한다.

하오문의 무인들이 지쳐 무릎을 꿇는 모습에 몇 명의 무인이 앞으로 향하며 검을 치켜 올렸다.

"천회맹(天會盟)이 왔다!"

순식간에 모두가 물러선다. 미처 도망치지 못한 습격자들 중 일부는 등이나 팔에 검을 맞고 땅에 고꾸라져, 포박당하고 있는 모습이었다.

"운요 님!"

수련이 달려가 붙잡는 것에 비틀거리던 운요는 겨우 자세를 고칠 수 있었다.

냉막한 표정의 남자는 절명한 동료를 살피던 중 눈을 들었다.

"쓸모없는 놈."

그 말에 운요는 입술을 꽉 깨물 뿐이었다.

이윽고 모두가 일어서며 이동한다. 소하는 얼떨결에 상황이 해결된 것에 후욱 숨을 내뱉었다.

'어지러워.'

속이 울렁거린다. 눈앞이 침침해지는 기분. 갑자기 막대한 피로가 몰아닥치는 것만 같았다.

'그래도 일단은······.'

그러던 중, 소하는 자신에게로 하얀 손 하나가 내밀어진 것을 보았다.

"괜찮으신가요?"

백의를 입고 있는 여인.

아미파의 무인인 자소연은 자신의 눈앞에서 서서히 눈이 감겨가는 소하를 보며 깜짝 놀란 표정을 지었다.

"소협!"

다급히 그를 받아들었지만, 소하는 희미한 숨소리만을 낼 뿐이었다.

'살아 있긴 하네.'

소하는 따스한 감촉이 자신에게 휘감기는 것을 느끼며 속으로 그리 중얼거렸다.

"자, 그럼 오늘도 즐거운 수련이다."

희미하게 들려오는 목소리. 소하는 눈을 떠 허겁지겁 앞을 바라보았다.

그곳에는 여전히 퉁명스럽게 돌을 옮기고 있는 척 노인과, 옆에서 히히 웃음소리를 내며 고개를 갸웃거리고 있는 구 노인이 있었다.

"소하 일어났어!"

구 노인의 목소리에 뒤에서 밥을 준비하고 있던 마 노인이 짜증 난다는 듯 소리쳤다.

"이거나 도와라! 너는 왜 아무것도 안 하면서 거기 있어!"

"으……."

구 노인이 시무룩한 표정으로 옆을 지나쳐 간다. 소하는 멍하니 그 광경을 바라보았다.

"밥을 차릴 동안 속성으로 가르쳐 주지. 머리에 다 박아 넣어라."

척 노인은 졸린 표정으로 눈을 비비며 그리 말했다.

소하는 손을 뻗고 싶었다.

역시 꿈이었다. 아직 그는 혈천옥 안에 있었고, 오늘도 매일과 다르지 않은 하루하루가 기다리고 있을 것이다.

그러나 척 노인은 무표정하게 소하를 바라보며 말했다.

"네가 익힌 네 개의 무공은 서로의 궤(軌)가 다르다. 각기 다른 발상에서 시작되었고, 다른 형식으로 빚어졌지."

그렇다. 서로의 환경이 너무나도 달랐던 네 노인이었기에, 소하에게 물려준 무공들은 각자의 특성을 여실히 드러내고 있었다.

"그럼에도 우리가 네게 그것들을 전한 이유는 무엇일까?"

기억이 났다. 소하는 이때, 고개를 기울이며 멍청한 소리를 했었다.

"그게 제일 세서……?"

"어이고."

딱!

소하는 머리에 자그마한 나무토막이 내리꽂히는 것에 악 소리를 내었다. 척 노인이 심심할 때 만들었던 부채였다.

"참으로 성숙한 제자다운 대답이로구나. 앞으로가 심각하게 걱정이 된다, 걱정이."

툴툴거린 척 노인은 이윽고 손을 정리하며 말을 이었다.

"의도를 생각해라. 멍청한 나의 첫 제자야."

손가락이 보였다.

척 노인은 소하를 가리키며 물었다.

"왜 우리는, 네게 그 무공들을 물려준 거라고 생각하느냐?"

*　　　　　*　　　　　*

"소하야!"

이설의 목소리에 소하는 껌벅이며 눈을 떴다.

목이 텁텁하고 몸이 뻐근하다. 소하는 상체를 일으키며 가장 먼저 주위를 둘러보았다.

향냄새가 은은하게 풍기는 방. 아직 그는 영화루 안에 있었다.

'꿈이었구나.'

너무나 사실적이어서, 하마터면 그 꿈이 현실이라고 착각할 뻔했다. 옆에서 걱정스러운 표정으로 자신을 내려다보는 이설에게 살짝 웃어준 소하는 이윽고 한숨을 푹 내쉬며 어깨를 흔들었다.

"누나는 괜찮아요?"

"당연히 괜찮지! 여기요! 여기!"

이설이 손을 이리저리 흔들자 안쪽에서 누군가가 쑥 모습을 드러냈다.

"깨어났군."

그곳에는 운요가 서 있었다. 그는 손에 들고 있는 사발을 소하의 앞에 내려놓으며 말을 이었다.

"먹는 게 좋을 거야."

쓴 내가 풍긴다.

소하는 거무튀튀한 액체를 보고는 인상을 찌푸렸다.

"이건……?"

"내상(內傷)에 좋은 약이지."

그의 앞에 앉은 운요는 소하가 멍한 표정을 짓고 있는 것에 고개를 갸웃거렸다.

"마시는 게 좋을 텐데?"

몸이 계속 무겁고 아픈 것은 가면을 쓴 남자의 웅혼한 내공에 의해 소하의 체내가 상처를 입었기 때문이었다.

"그자의 내공은 상당했다. 무인에게 가장 중요한 단전이 상할 수도 있으니, 미리미리 요상(療傷)을 해두는 게 좋지."

소하는 노인들에게 이야기로만 내공에 대해 들었었기에, 직접 몸으로 느껴보기는 처음이었다.

'이전에도 한 번 비슷한 일이 있었긴 한데⋯⋯.'

서장의 무인과 싸웠을 때에도 이처럼 묵직한 아픔이 느껴지기는 했지만, 지금처럼 강하지는 않았다.

"그자는 아마 내가기공에 상당한 조예를 가진 자겠지. 참격에 그만한 힘을 싣는 것은 어려우니."

어서 마시라는 무언의 압박에 소하는 결국 그 사발을 들고 꿀꺽꿀꺽 들이켰다.

"좋은 재료를 골라냈으니, 양기(陽氣)를 돋우는 데도 좋을 거야."

사발을 내려놓고 쓴 맛에 잔뜩 인상을 찌푸리고 있던 소하는, 이윽고 운요를 빤히 바라보았다.

"뭐지?"

운요의 표정이 살짝 굳었다. 그러고는 시선을 소하의 손에 들린 사발로 향했다. 혹시나 소하가 자신을 의심할 수도 있다는 생각이 들었기 때문이었다.

"독이라면 넣지 않았어. 그럴 이유도 없고."

"아니, 그게, 저기……."

"소, 소하야."

옆에서 소하를 바라보던 이설은 순간 당황했다. 자신도 강하게 느끼고 있었던 것을, 소하가 말해 버릴 것만 같다는 생각에서였다.

"여자가… 아니시죠?"

그 말에 운요의 얼굴이 일그러졌다.

그마저도 곱다. 이설에게 아마 자신보다 더 예쁠 거라는 생각마저 들게 할 정도로, 운요의 고운 옥안(玉顔)은 특출났다.

"다짜고짜 무례한 말을 하는군."

운요의 말에 이설이 더 당황할 수밖에 없었다. 소하를 가장 먼저 도와준 것도 그랬고, 굳이 그를 챙겨 이 안쪽 방까지 옮긴 것도 그랬기 때문이다.

"죄, 죄송합니다. 소협. 이 애가 지금 막 깨어나서……."

"아니, 그럴 필요 없소."

이설의 말을 자른 운요는 소하를 빤히 쳐다보았다.

"소하라고 했었나?"

"아, 네."

"네 덕에 수련이 살았다."

그는 고개를 숙였다.

"정말, 고맙다."

이설은 놀랄 수밖에 없었다. 그도 그럴 것이 지금 그녀는 이 운요라는 남자의 이력을 모두 알고 있었기 때문이었다.

청성의 말예(末裔).

멸문하기는 했지만 전 무림에 그 이름을 알렸던 구대문파 중 하나인 청성의 기대주였다. 시천월교와의 싸움 이후 은둔하고 있다지만, 그의 실력은 분명 나이대의 후기지수 중 상당한 수준임이 분명했다.

소하에게 인사를 건넨 운요는 뒤쪽에서 이곳을 바라보고 있는 몇 명의 기녀들 중 한 명에게 눈짓했다. 그러자 수련이란 기녀가 조심스럽게 앞으로 다가와 소하에게 절을 했다.

"감사합니다, 소협."

"네?"

소하가 상황을 따라가지 못하고 있자, 수련은 냉큼 말을 이었다.

"소협 덕에, 저희 아이들이 모두 살 수 있었습니다."

수련의 뒤에 있던 기녀들은 모두 열댓 살의, 갓 기루에 들어온 아이들이었다. 그렇기에 그녀는 그들을 지키기 위해 무인에게 칼을 겨누었던 것이다.

머리를 긁적이던 소하는 이내 조심스럽게 말을 꺼냈다.

"아니, 그렇게까지 하실 필요 없어요."

"그래도 구명(求命)의 은은 반드시 치러야 한다고 생각합니다. 일단 영화루의 안쪽에 모시긴 했지만……."

주변은 소란스러웠다. 다친 이들을 보살피고 있는 기녀들. 그리고 몇 명의 무인이 칼을 찬 채로 이리저리를 돌아다니고 있다.

"천회맹의 분들이 상당히 많군요."

"거들먹거리기 위해서겠지."

운요의 말에 수련은 한숨을 내쉬었다.

"천회맹?"

소하의 물음에 운요는 옆으로 눈을 흘기며 대답했다.

"시천월교의 멸망 이후 새로 나타난 집단이다. 무림맹을 대체하는 세력이 되겠다고 떠들어대지만… 역겨운 놈들이 많지."

멀리서 뚜벅뚜벅 걸어오는 소리가 들렸다.

"지금 오는 저놈처럼."

보지도 않고 알아차렸다. 소하는 멍하니 운요를 바라보다 이윽고 그의 뒤에서 모습을 드러내는 근육질의 거한을 바라보았다.

"이거, 운요 아닌가."

"맹학(猛虐)."

맹학이란 거한은 씩 미소를 지으며 주변을 둘러보았다. 방 안엔 하오문의 무인들이 붕대를 감거나 약초들을 몸에 올린 채로 신음을 흘리고 있었다.

"하마터면 죽을 뻔했다고 들었지."

수련이 불쾌한 표정을 지었지만, 운요는 묵묵히 그 말을 듣고 있을 뿐이었다.

맹학은 운요의 어깨에 손을 짚은 뒤, 가볍게 힘을 주며 말을 이었다.

"걱정 마라. 너희 같은 자들을 지켜주기 위해… 천회맹이 있는 거니까."

"아무쪼록."

운요는 차가운 눈을 그에게 향하며 말을 이었다.

"기대하고 있네, 맹학."

맹학은 흐핫, 하고 웃음을 뱉더니만 이내 척척 걸음을 옮겨 사라져 버렸다.

"저런 자들이 많지."

"운요 님……."

수련은 입술을 꽉 깨물었다. 운요가 자신들에게 해가 가지 않도록 일부러 저자세를 유지한다는 사실을 알고 있었기 때문이었다.

"상관하지 마."

그는 그리 말한 뒤 소하에게로 다시 눈을 돌렸다.

"네게 감사를 표하고 싶지만, 사실 나는 얼마 가진 것도 없을뿐더러 그마저도 다 이 기루에 쏟아 붓고 있어서 말이지."

"오지 않으셔도 상관없다니까요."

수련의 가시 돋친 목소리에 하하 웃은 운요는 이내 소하에게 힘없이 말을 건넸다.

"은혜를 갚고자 해도 방도가 부족하다. 만약 원하는 게 있다면, 내가 할 수 있는 한은 어떻게든……."

"그럼!"

소하는 냉큼 말을 꺼냈다.

갑작스런 외침에 놀라 동그랗게 눈을 뜬 운요에게 소하는 고개를 불쑥 내밀며 말을 꺼냈다.

"부탁을 드려도 될까요?"

*   *   *

"감사를 표하지."

염노는 툭툭 담뱃대를 두드리며 그리 중얼거렸다. 눈앞에 서 있는 것은, 다섯 명의 청년이었다.

"협객으로서 당연한 일입니다."

염노의 입가에 미소가 걸렸다.

그곳에 있는 것은, 천회맹의 부맹주이자 이 사천 지방을 휘어잡고 있는 청년의 모습이었다.

"사천에 신룡(神龍)이 있다더니, 천화(天華)가 무색하다 했었지."

그것에 옆에 있는 청년들의 표정에 자부심이 내걸렸다. 자신들의 행동에 깊은 긍지를 갖고 있는 것이다.

그리고 청년, 비백신룡(飛白神龍) 상관휘(上官輝)는 빙긋 미소를 지었다.

탄탄한 몸에 두터운 팔근육은 그가 얼마나 수련을 해왔는지에 대해 보여주는 증거였다.

"하오문이라 해도 돕는 게 인지상정(人之常情) 아니겠습니까."

'허어.'

그의 어투에 염노는 속으로 한숨을 뱉었다. 어린아이들, 더군다나 자신의 힘에 대한 자신감으로 똘똘 뭉쳐 있다.

'어쩔 때는 늙고 매운 생강 같은 놈들보다 이런 놈들이 더 상대하기 벅차지.'

그리 생각한 염노는 담뱃대를 물며 말을 이었다.

"그래, 우리 역시 감사의 마음이 가득하다네. 그 갑작스런 습격에서 살아남을 수 있었으니."

염노의 목소리에 상관휘는 가볍게 고개를 끄덕였다.

"습격자들에 대해선 알아내셨는지요? 저희도 백방으로 수소문을 하고 있지만… 불명(不明)이라더군요."

가면을 쓴 자들의 시체를 수거해 벗겨내자, 염노는 놀랄 수밖에 없었다.

'너무 다양한 쪽의 인간들이 섞여 있다.'

사천의 각종 문파들은 시천월교의 멸망 이후 우후죽순(雨後竹筍)처럼 자라났다.

그런 문파에 속한 자들이 많았고, 때로는 아예 다른 지방의 무인들도 섞여 있을 정도였다.

염노는 옆에서 서책 하나를 꺼내 내밀었다.

"일단 그들의 명단을 정리해 두었네. 상관 공자가 사용한다면 유용하게 쓰이지 않을까 싶어서 말이야."

"감사히 받겠습니다."

상관휘는 그것을 받아든 뒤 눈을 들어 염노를 바라보았다.

"궤에 대한 이야기도 하오문과 엮인 게 많더군요."

궤.

그것에 염노는 속으로 으흐흐 하고 웃음을 토해냈다.

'이것 봐라. 대놓고 들어오는군.'

"그러게 말일세. 나도 잘 모르는 이야기인데 말이야."

"염노."

상관휘는 온몸에서 기백을 내뿜고 있었다. 자신의 힘으로 타인을 압박하는 방법. 젊은이들이 과신(過信)에 취해 있을 때 자주 사용하는 방식이다.

"우리는 솔직해야만 합니다."

"나는 자네들에게 구명의 은을 입었네. 그러니 솔직하지."

천회맹의 무인들 모두가 덤덤하게 염노를 응시하고 있었다.

"내가 아는 바는 전무하다네. 그 소문이 어디서 퍼진지조차 알 수 없군. 자네들도 들었다면, 어디서 알게 되었는지 알려줄 수 있겠나? 본문에 관련된 일이니 말일세. 엄중히 그자를 찾아 벌해야 할 게야."

염노는 그리 말하며 상관휘의 눈동자를 바라보았다. 하지만 그는 염노의 말에 흔들리지 않았다.

"어디까지나 뜬소문입니다. 하지만 저희도 만일은 대비해야 하기에… 이해해 주시길 바라겠습니다."

이윽고 상관휘는 몸을 돌렸다. 염노에게서 더 얻어낼 것이 없다는 판단이 섰기 때문이었다.

"습격자들이 노리는 건… 당신이었습니다. 조심하시길."

그들은 그리 말한 뒤 밖으로 나섰다.

모두가 나간 뒤, 염노는 가볍게 담뱃대를 물며 한숨을 뱉었다.

"허어."

뻐끔뻐끔 연기가 올라온다.

"세대가 변해가긴 변해가는군."

第四章
질문

남자는 달리고 있었다.

"헉, 헉!"

숨이 거칠게 목구멍을 타고 뱉어진다. 그는 양손을 휘두르며 앞을 가로막는 행인들을 밀쳐낸 뒤, 다급히 발걸음을 옮겼다.

영화루가 누군지 알 수 없는 자들에게 공격당했다는 소식을 듣곤, 그는 미친 듯이 그곳을 향해 달리고 있었다. 그 안에서 매일매일 시간을 허비하는 사제가 떠올랐기 때문이었다.

'제아무리 그 녀석이라고 해도, 그런 상태에선⋯⋯!'

사제의 실력을 얕잡아 보지는 않지만 세상에는 만약이란 게 있게 마련이다.

영화루의 안으로 들어온 그는, 기녀 하나를 부여잡고 운요의 소식을 물었다.

"바깥에 계십니다."

"바깥?"

놀란 그는 기녀가 가리키는 뒷마당으로 나갔다. 보통 꽃이 우거진 데다 경치가 좋아 바깥에서 술을 먹는 자들이 애용하는 장소였다.

'뭐야. 아무렇지도 않았던 건가.'

운요의 사형, 연철(燕哲)은 겨우 가슴을 쓸어내릴 수 있었다. 혹시나 청성의 마지막 기대주인 운요가 다치거나 죽게 된다면, 자신의 잘못인 것같이 느껴졌기 때문이었다.

그러면서도 그는 동시에 찜찜한 기분이 들었다. 그렇다는 건, 또다시 자신의 사제가 기녀를 낀 채 술을 마시고 있다는 뜻이 된다.

'그건 그 나름대로 화가 난다.'

연철은 후우 하고 길게 숨을 내뱉은 뒤, 이내 성큼성큼 뒷마당으로 통하는 문을 잡아 열었다.

"운요! 네 녀석, 아직까지도 정신을 차리지 못하고… 우아악!"

연철은 순간 얼굴로 날아드는 무언가에 다급히 손을 놀렸다. 턱턱 소리와 함께 부드러운 원을 그리며 쳐 내지는 물건.

땅바닥을 나뒹구는 그것은 바로 목검이었다.

"변초에 약해. 눈이 너무 좋은 게 문젠가."

"아야야."

소하가 손아귀를 쥐었다 펴며 아파하는 것에 운요는 그리 평을 내렸다.

"확실히 눈이 어지러웠어요."

"변초는 그게 목적이지. 대응은 확실한 걸로 봐선… 수련을 충실히 한 모양이지?"

소하가 살짝 웃음을 짓자 운요도 마주 웃었다. 소하의 기초가 탄탄하단 사실을 익히 알 수 있었기 때문이었다.

"그 정도면 충분히 대처할 수 있겠어. 일단은……."

"그런데 저분은 누구죠?"

목검을 어깨에 걸친 운요는 뒤를 가리키는 소하의 모습에 고개를 돌렸다.

"사형?"

연철은 턱이 그대로 떨어질 듯한 모습으로 입을 쩍 벌린 채 서 있었다. 믿을 수 없다는 듯 한쪽 눈이 껌벅였다. 머뭇머뭇거리다 하늘을 한 번 쳐다본 연철은 조심스레 말을 내뱉었다.

"오늘 하늘이 무너지거나 하지는 않겠지."

"놀리는 거라면 한참 어리숙하다고 말하겠어."

운요의 목소리에 연철은 겨우 정신을 차렸는지 주변을 둘러보았다. 그곳에는 물을 가지고 오는 이설과, 아픈 손아귀를 주무르고 있는 소하가 있었다.

"대체… 이게 어떻게 된 거냐?"

＊　　　　＊　　　　＊

나지막한 목소리가 울려 퍼졌다.

"어떻게 된 거지?"

물음이 흘렀다.

그것에 팔에 붕대를 감고 있던 남자는 묵묵히 답했다.

"예상외의 적이 있었다. 그뿐이다."

창가에 몸을 기대고 있던 자가 눈을 부릅떴다. 마치 송곳 같은 안광이 번득였다.

"그딴 말로 답이 된다 생각하나?"

붕대를 감던 자는 이윽고 천천히 눈을 들어 올렸다. 다부진 턱, 그리고 눈에서부터 볼까지 가로지르는 수많은 상처가 보였다.

"어쩌라는 거지? 네 발밑에 엎드려 사과라도 하라는 건가?"

불길 같은 기운이 솟구쳤다. 마치 금방이라도 옆에 놓인 곡도를 붙잡을 것만 같던 분위기는 바깥에서 들어온 한 남자로 인해 풀어졌다.

"그만들 하지."

그의 얼굴에는 청색 가면이 씌워져 있었다. 그러자 곧 붕대를 감던 자는 탁자에 놓여 있던 붉은 가면을 손으로 붙잡았다.

"관계는 없잖나. 이걸로 얼추… 의도는 통했으니."

붉은 가면을 쓴 남자는 이윽고 눈을 들어 그를 바라보았다. 그의 가면에 그려진 것이 붉은 귀신의 모습인 것에 반해, 청색 가면에는 무수한 대나무가 그려져 있었다.

"궤는 사천을 지난다."

창가에 기댄 남자가 퉁명스레 그리 말하자, 두 명은 고개를 끄덕였다.

"놓칠 수는 없어."

"궤에 무엇이 들어 있지?

창가에 기대어 있던 남자의 눈이 일그러졌다.

붉은 가면의 남자가 던진 물음. 그것은 '그들' 중에서도 극히 일부만이 알고 있는 기밀이었다.

푸른 가면을 쓴 남자는 웃음소리를 내며 말했다.

"자네에게 허락된 일이 아닐세."

"…열일곱이 죽었다."

사천. 그것도 하오문 사천 지부의 본거지인 영화루를 급습했다. 그만큼 피해자가 나온 게 당연한 것이다. 자신과 함께 했던 자들의 절반 이상이 그곳에서 싸늘한 시체가 되었다.

그러나 그들은 아무도 그 궤에 무엇이 들어 있는지를 모른다.

붉은 가면의 남자는 그것에 대해 의문이 들 수밖에 없었다.

"너무 그러지 말게."

푸른 가면이 흔들렸다. 그것은 마치 유령처럼, 전혀 기척을 내지 않은 채 방을 가로지른 뒤였다.

"그들의 목숨은 앞으로 있을 수많은 행동의 반석이 될 걸세."

"진정으로."

붉은 가면의 남자는 곡도를 붙잡아 일어서며 중얼거렸다.

"그리 생각해 준다면 고맙겠군."

그는 그 후 터벅터벅 걸어 방을 나섰다.

"저자를 언제까지 쓸 생각이지?"

창가에 기대어 있던 남자는 불만스러운 표정으로 말을 이었다.

"가진 무공이 훌륭하기에, 쉽사리 버릴 수는 없지."

푸른 가면을 쓴 남자는 그리 말했다. 이제까지 암약(暗躍)하던 자신들이 드디어 나서기 시작한 순간이다. 어떤 방해도 받고 싶지 않았던 것이다.

"게다가 그는 완고하고 직선적이야."

그랬기에 그는 강한 무공에도 불구하고 기습을 자원했다. 자세한 마음가짐은 모르겠지만, 그 점에 관해서는 그들도 인정하는 바였다.

"그런 자는 써먹기가 쉽지."

푸른 가면을 쓴 남자는 가면 아래로 짙은 미소를 그리며 그리 말했다.

* * *

"그런 일이 있었군."

영화루의 습격은 제대로 퍼져 나가지 않았다. 염노가 재빠르게 정보를 통제해 그렇게 큰일로 벌리지 않았기 때문이다. 그렇기에 자리에 없었던 연철은 당시의 상황을 듣고는 놀랄 수밖에 없었다.

"천회맹의 등장에, 알 수 없는 고수라⋯⋯."

"상당했지."

운요는 수련에게서 물을 받으며 중얼거렸다.

"하마터면 나도 당할 뻔했고."

"네가?"

연철은 한숨을 내쉬었다. 아무리 그렇다고 해도 운요가 아무에게나 그런 말을 하는 성격은 아니었기 때문이다. 소하 역시 옆에서 그 말에 동의하고 있었다.

"자, 그럼 좀 쉬었으니. 우리는 계속할까."

연철은 일어서는 소하와 운요를 바라보았다. 둘 다 목검을 쥐고 있는 모습이다.

운요는 자리에 선 뒤 목검으로 어깨를 툭툭 두드리며 소하를 바라보았다. 몇 번을 더 생각해 보아도 소하의 요청은 헛웃음이 나올 지경이었다.

"정말, 이걸로 괜찮겠어?"

소하의 부탁은 아주 간단했다.

기감(氣感)에 대해 알려 달라는 것이다.

가면의 남자가 쏘아낸 공격을 운요가 파쇄하는 걸 본 소하는 그 순간 자신의 부족한 점을 깨달았다.

네 노인은 내공을 사용해 가면서 소하를 수련시킬 수 없는 입장이었다. 그렇기에 소하에게 혈도와 내공을 움직이는 법을 알려주긴 했지만, 이처럼 직접적이고도 자세하게 알려주기란 불가능했다.

"네, 부탁드려요."

운요는 소하에게 입은 은에 비해 별것 아닌 일을 하는 것만 같아 찜찜했지만, 이내 말을 이었다.

"내공은 단순히 체내를 순환시키는 것만이 아니라, 주변으로 방사(放射)하는 것으로 자연기(自然氣)를 부릴 수 있지."

그 순간 운요의 몸에서 푸른 기운이 흘러나오기 시작했다.

"청량선공(淸凉仙功)……."

연철은 꿀꺽 침을 삼켰다. 무릇 청성파의 내가기공 중에서도 선법(仙法)에 달한 것은 문파에서도 오로지 장문인 직계 제자만이 물려받을 수 있었다.

저것이 바로 청성파의 고결(高潔)을 상징하는 힘이었다.

"내공의 가장 서툰 단계가 체내를 흐르게 하는 것."

운요의 손에 내공이 휘감긴다. 푸른 기운이 은은하게 흐르는 모습. 곧 소하는 자신의 앞으로 날아드는 주먹을 보았다.

알아채고 피해냈지만, 그 주먹에는 닿은 것을 산산이 분쇄할 만한 기운이 담겨 있었다.

"그리고 그 다음이."

소하의 발이 올려쳐진다. 하지만 운요는 고갯짓으로 그것을 피해냈다.

'내공의 흐름.'

사방으로 퍼진 기운이 움직임을 미리 감지했던 것이다. 소하는 그것을 느끼며 재빨리 뒤로 뛰었다.

사아악!

목검이 허공을 가르자 섬뜩한 소리가 흘렀다.

"주변을 장악하는 것이라고 스승님께서는 말씀하셨지."

공격을 미리 파악한다. 소하는 그것에 고개를 끄덕이며 숨을 들이켰다.

파파팡!

다리가 허공을 걷어차자 소리가 들린다. 연철은 그 경지에 혀를 내두를 수밖에 없었다. 소하가 방금 펼친 것은 어지간한 내공을 지닌 자들도 쉽게 따라 하기 어려운 경지였기 때문이었다.

"저 소년은 누구지?"

연철이 보나 못해 옆의 수련에게 묻자 그녀도 고개를 저을 뿐이었다. 이설만이 알 듯 모를 듯한 미소를 짓고 있을 뿐. 연철은 복잡한 표정으로 머리를 긁을 뿐이었다.

"천재로군."

운요의 고개가 젖혀지며 소하의 발을 피해낸다.

소하가 부탁한 것에, 운요는 한 가지를 얹어서 부탁을 했다. 그가 소하에게 기감을 다루는 법을 알려주는 대신, 소하가 그와 정식으로 맞붙어 달라는 요청이었다.

'이 녀석은 아직 내공을 제대로 사용하지 못한다.'

소하는 천양진기를 이식까지 끌어올리지 않았다. 더군다나 체내를 순환하게 하는 정도가 한계였기에 이 정도 위력으로 그친 것이다.

'만약 차근차근 내공에 대한 수련을 받아, 걸맞은 힘을 발휘

했다면?'

운요는 입술을 깨물었다. 순간 가슴이 턱 막히는 기분이 들었기 때문이다.

눈앞에 그려진 것은 자신이 소하에게 패하는 광경뿐이었다. 그의 입가에 미소가 그려졌다.

"재밌어!"

목검과 목검이 부딪치는 모습. 물결치는 소하의 검에 운요도 마주 상대하며 두 사람은 점차 점입가경(漸入佳境)에 들고 있었다.

"무림인들은 정말 모르겠네요."

수련이 턱을 괴며 그리 말하자, 연철은 턱을 바르르 떨며 중얼거렸다.

"얼마만인지."

"예?"

이설과 수련이 고개를 돌리자, 그곳에는 눈물이 고인 연철의 모습이 있었다.

"운요가… 저리도 즐겁게 무공을 펼치는 모습을 본 게, 얼마만인지 모르겠군."

"하!"

운요는 입에서 기합을 토하며 목검을 후려쳤다. 소하는 빠르게 그것을 포착해 튕겨냈고, 가쁜 숨을 내뱉던 운요는 진심으로 감탄한 표정을 지었다.

"뭐지? 벌써 알아챘다고? 원래 그런 무공을 배우기라도 한 건가?"

"말할 수는 없어요."

소하는 함부로 오절의 무공을 밝히지 않기로 결정했다. 분명 눈썰미가 좋은 사람이라면 그들의 무공을 알아볼 수도 있겠지만, 어떻게든 시치미를 떼야만 했다.

"아니, 아니지."

운요는 허탈하게 웃으며 고개를 저었다. 땀방울이 그의 이마에서 흩날리고 있었다.

"그랬다면 진작 내기를 다루는 법을 알았을 거야. 그렇다는 건······."

그의 입가에 웃음이 걸렸다.

정말로 너무나도 만족스러워 견디지 못하겠다는 표정이었다.

"이것도 받을 수 있나? 소하?"

순간 푸른 기운이 내뻗어진다. 그것은 마치 꽃망울이 피어오르듯, 허공에서 물감처럼 번지고 있었다.

연철은 당황할 수밖에 없었다.

"아, 아니 저건!"

그가 급하게 몸을 일으키는 것에 수련과 이설은 놀라 눈을 들어 올렸다. 확실히 운요의 주변에서 일어나는 기현상은 다른 무공과는 달라 보였다.

"운요! 그걸 네가······!"

숨을 삼킨 연철은, 이윽고 자신이 그를 말려야 하는지에 대해 고민에 빠졌다.

이제까지 운요가 단 한 번도 내보이지 않았던 검이다.

숱한 무시를 당하면서도, 끝까지 숨기고 숨겼던 검 중 하나다.

비홍청운(飛鴻靑雲).

청성의 비검이자, 일인전승(一人傳承)의 무공이었다.

*　　　*　　　*

"으아아아!"

소하가 지르는 비명이 쩌렁쩌렁 마당을 울렸다.

"저 녀석은 목소리가 쓸데없이 크네."

"사내답네요."

수련이 킥킥 웃는 것에 이설도 허탈하게 웃어 보일 뿐이었다. 그녀들은 지금, 찬물이 들어 있는 나무 대야를 들고 조심스럽게 마당으로 향하고 있던 터였다.

그리고 안쪽에는 상의를 벗은 채 찬물을 끼얹고 있는 소하와 운요가 있었다.

"그렇게 차갑나? 미지근한 것 같은데."

"이게 미지근하다고요? 으아아아!"

소하는 말을 하다 운요가 끼얹은 물에 맞고는 몸을 달달 떨고 있었다. 듣자 하니 타박상에는 찬물로 정신을 차리는 것이 좋다기에 지하수를 맞아봤더니, 이전 혈천옥에서 느꼈던 물의 온도와는 비교할 수도 없을 만큼 차가웠다.

"뭐, 그래도 이렇게 찬물을 끼얹고 나면 몸이 상쾌해지지."

운요는 씩 웃으며 옆에 놓인 천으로 몸을 닦고 있었다.

"빤히 바라보지 마라. 여자 아니니까."

소하가 은근슬쩍 보고 있는 것에 그가 그리 말하자, 소하는 황급히 고개를 돌려야만 했다.

"정말 그렇네요."

"저도 가끔 헷갈려요."

수련과 이설마저도 그리 속닥대고 있었다.

"그 화제는 그만하면 좋겠어."

소하가 옆에서 히히 웃고 있는 것에 한숨을 푹 내뱉은 운요는 이윽고 옷을 입은 뒤 소하에게 닦을 천을 건네주며 말을 꺼냈다.

"어느 정도 감은 잡은 것 같던데."

"아직 확실히는 모르겠지만요."

운요는 빙긋 미소를 지었다. 실로 오랜만에 제대로 몸을 움직여 본 것 같았다. 소하의 기량이 그만큼 뛰어났기 때문이었다.

"운요."

뒤에서 목소리가 들렸다. 그곳에는 연철이 서 있었다.

"너, 아까의 그건……."

"잊지 않았어."

조용히 꺼낸 말. 연철은 두 눈을 껌벅였다.

"사부님의 마지막 유언인데, 잊을 리가 없잖아."

"그러냐."

연철은 갑작스레 손을 들어 눈두덩이를 꾹 눌렀다. 운요가 펼친 검. 소하와 수련, 이설은 잘 알지 못할 것이다. 그것이 연철에게 있어 얼마나 큰 의미를 가지는지 말이다.

"사형 분은 눈물이 많으시네요."

수련이 옆에서 천을 건네며 그리 말하자, 운요는 피식 웃음을 지었다.

"원래 울보였어, 사형은."

"시, 시끄럽다!"

연철은 천을 받아 눈을 닦으며 운요를 노려보았다.

"그런데 왜, 천회맹의 녀석들에겐……."

"굳이 주목받기도 싫었고, 괜히 그놈들의 연극에 휘말리고 싶지도 않았어."

운요는 이윽고 밤이 되어가는 하늘을 바라보다, 몸을 돌렸다.

"소하, 어차피 오늘은 더 할 일이 없겠지?"

"아, 네."

운요는 엄지손가락을 들어 뒤를 가리켰다. 그곳에는 습격을 받지 않은, 멀쩡한 주루의 모습이 있었다.

"한 잔 마시고 가자구."

그렇게 소하는 얼떨결에 주변의 경치가 훤히 내려다보이는 주루에 오르게 되었다. 안쪽에서 들리는 여자들의 웃음소리,

아직도 영화루는 제대로 영업을 하고 있는 모양이었다.

"습격 좀 받았다고 무림의 기루가 불을 끌 리가 없죠."

수련의 목소리에 운요도 고개를 끄덕여 보였다.

"거기 소저께서도 한 잔 받으시죠."

운요가 능숙하게 술을 권하자, 이설은 허둥지둥 잔을 받았다. 그녀는 이제까지 이런 고급 기루에서 있어본 적이 없었기에 당황한 표정을 짓고 있을 뿐이었다.

"아, 그런데 전 하오문의……."

"문외(門外)의 일입니다."

운요는 매력적인 미소를 지으며 말했다.

"그런 식으로 말하자면, 나는 사라진 문파의… 제대로 싸워보지도 못한 겁쟁이인데. 이런 나와 술을 마셔도 괜찮겠습니까?"

"아, 아닙니다!"

이설이 황급히 그리 말하자, 운요는 웃음을 지은 채로 고개를 끄덕였다. 마시라는 뜻이다. 결국 이설은 우물쭈물하다 한 잔을 크게 들이켰다.

"여자는 이렇게 마시게 하는 법이지."

"운요 님! 그런 걸 당당하게 말하지 마세요!"

수련이 째릿 그를 노려보며 쿡쿡 찌르자, 운요는 청명한 웃음소리를 내며 눈을 돌렸다. 소하는 아직까지 술잔을 빤히 바라보고 있을 뿐, 마시지 않고 있었다.

"내가 왜 이곳을 좋아하는지 알아?"

운요는 몸을 난간에 기대며 중얼거렸다. 옆쪽에서는 한 중년인이 큰 웃음소리를 내며 기녀의 연주에 어깨를 들썩이고 있었다.

"영화루는 비싸 보이지만, 그래도 제법 많은 계층의 사람들이 와. 부자, 아니면 어쩌다 한 번 사치를 부려보고 싶은 평범한 사람들."

운요의 눈이 가늘어졌다.

"그리고 평생에 단 한 번이라도 호화롭게 지내보고 싶은 사람들까지."

현을 뜯는 소리가 울린다. 수련이 옆에서 가져온 악기를 연주하기 시작한 것이다.

"바라는 것은 오로지 하나야. 모두가 즐겁기 위해 이곳을 오지."

허공에 걸어놓은 등이 묘한 음색을 내며 흔들렸다. 밤하늘을 뚫어지게 바라보던 운요는 조용히 말을 이었다.

"모든 걸 잊게 해줘."

"그게 원망스럽다."

연철의 목소리가 들렸다. 그는 술잔을 가득 채운 채, 그것을 입안 가득 털어 넣으며 후우 하고 긴 숨을 내뱉고 있었다.

"너는 재능이 있지 않냐."

"하찮은 재능이지. 사형, 세상에 고수는 많아. 내가 노력한다 해도 천하오절이 될 수 있을까? 시천마가 될 수 있을까?"

허공에 손을 젓던 운요는 고개를 저었다.

"어차피 정점에 설 수 없다는 걸 알고 살아가는데, 어찌 올 곧을 수 있겠어."

"청성의 검은!"

연철의 소리에 탁자가 흔들렸다. 이설은 재빨리 그의 팔을 붙잡았다. 취기가 올랐는지, 연철은 고개를 흐느적거리며 말을 잇고 있었다.

"결코 오절에 모자라지 않는다! 너도 알고 있잖아!'

"우리는 졌어."

운요의 말에 연철의 얼굴이 일그러졌다.

"스승님은 패했지. 시천마도 아닌, 시천월교의 만검천주에게 말이야."

싸늘했다.

운요의 표정에는 비감(悲感)이 가득 어려 있었다.

"사형은 그때 멀리 있어서 알지 못했겠지."

입가에는 헛웃음이 감돈다.

그는 술잔을 들어 한 모금을 마셨다. 취기에라도 의존해야만 했다.

조금만 정신을 차리려 하면, 그 장면이 다시금 선명하게 떠오르기 때문이다.

"스승님은… 나를 살려 달라고 그들에게 빌었어."

연철의 몸이 떨렸다. 술잔이 딸각 소리를 내며 탁자를 구르고 있었다.

"뭐……?"

"자신의 목숨을 줄 테니, 이 아이만은 살려 달라고, 그 빌어먹을 놈들에게 하염없이 비셨지."

운요는 웃었다. 그러나 소하와 이설이 볼 때 그 웃음에는 한 점의 기쁜 마음도 배어 있지 않았다.

"어떤 놈이 그걸 보고 제정신일 수 있겠어."

문파가 불탄 날, 운요는 홀로 그 폐허 위에 서 있었다. 문원들의 시신.

그 손은 필사적으로 살기만을 부르짖던 터였다.

수련의 음악 소리가 멎었다. 그녀의 눈은, 촉촉이 젖은 채 운요에게로 향해 있었다.

"나는 약해, 사형. 복수할 마음조차 먹지 못했어. 오히려 무서웠지."

떠드는 소리는 운요의 목소리마저 작게 감춰준다. 자리에 앉아 있는 모두가 조용히 그를 바라볼 뿐이었다.

"왜, 이제까지 말하지 않았냐."

연철은 손을 바르르 떨고 있었다.

"사형이 슬퍼할 테니까."

그는 운요에게 있어, 마지막으로 남은 청성과의 인연이었다. 아니, 애초에 고아였던 운요에게 있어 마지막 유대(紐帶)였던 것이다.

고개를 푹 처박는 연철을 보며, 운요는 쓴웃음을 지었다.

"무거운 얘기를 해버렸네. 잊어버려. 술자리는… 그런 말을 하는 곳이 아니니까."

"하지만."

운요는 조금 놀랐다.

누구나가 그런 이야기를 들으면 안타깝다는 표정을 짓는다. 그의 사정이 슬프다는 것은 다들 알고 있으니 말이다.

하지만 소하는 빤히 운요를 바라보고 있었다.

마치 그 너머, 그가 말하지 않은 것을 알고 있다는 듯.

"무공을 수련하셨잖아요."

비홍청운.

소하는 그 수려하면서도 매혹적인 검의 궤적을 기억하고 있었다.

그 순간 소하는 왜 현 노인이 그렇게까지 검술의 아름다움에 대해 역설했었는지 이해할 수 있을 것만 같았다.

늘 현 노인은 검에 대한 수련을 할 때에, 먼저 마음가짐을 어떻게 먹느냐가 중요하다고 말했다.

"동자가 아름답다고 느끼고, 손에 붙잡고 싶다 느껴야만 검은 오로지 동자에게 몸을 맡기게 마련이란다."

청성파가 무엇인지는 모른다. 하지만 그 검, 한 번 무공을 견식하게 된다면 누구나 그 문파가 가진 고결함과 청명함을 알게 될 것이다.

"훌륭했어요."

"그런가."

운요는 코를 슬쩍 비비며 그리 중얼거렸다.

"스승님이 펼치실 때는, 훨씬 대단했지. 마치 푸른 하늘이 펼쳐진 양… 착각마저 들 정도였어."

그때를 추억하며 운요는 숨을 내뱉었다. 이상했다. 수 년만에 남 앞에서 처음으로 비홍청운을 펼쳤기 때문일까? 하지 않았던 말들, 흉중(胸中)에 묻어놓았던 말들이 술술 흘러나왔다.

"하지만 그보다도."

소하가 하고 싶은 말은 더 있을 것이다.

그것을 알고 있던 운요는 조용히 술잔을 들어 올렸다.

소하를 바라보는 눈, 그때서야 소하도 술잔을 들어 올렸다.

운요는 가볍게 소하의 술잔을 자신의 잔으로 치며, 웃음을 지었다.

"감사를 표한다, 소하. 덕분에… 조금 후련해졌거든."

빙긋 웃은 소하는 이내 술을 홀짝 마셨다.

"으엑!"

그러나 여지없이 이상한 맛에 인상을 썼고, 운요는 그 모습에 의외라는 듯 혀를 찼다.

"무공을 쓸 때와는 다르게 영 어린애로군!"

쿵!

"여, 연철 님?"

그 순간, 연거푸 몇 잔을 더 들이켜던 연철은 이내 탁자에 머리를 박고 쓰러져 버렸다.

"끄응… 으음… 흐아……."

그러고는 기괴한 신음마저 토하고 있었다.

"하하하하!"

그 모습이 우스웠는지 운요의 입에서 웃음이 터져 나왔다. 수련이 소란을 피우는 것이 더 즐겁다는 듯, 그는 크게 웃고 있었다.

침을 몇 번이고 되삼키며 인상을 쓰다, 배를 잡고 웃는 운요의 모습을 잠시 바라보던 소하는 이내 하늘을 바라보았다.

어두운 밤하늘에는 밝은 초승달 하나가 밝게 내걸려 있었다.

*   *   *

"너는 참… 숙취가 없구나……."

다음 날, 이설은 초췌해진 표정으로 소하를 바라보며 그리 말했다.

모두가 안색이 어두워지도록 술을 먹었건만, 소하만 멀쩡하게 돌아다니고 있었던 것이다.

"오늘은 바쁘니까요!"

"그래, 그래… 어서 가자."

이설은 소하에게 하오문을 안내해 주기로 했던 터다. 그리고 특별히 염노는 자신이 소하와 대면하는 것을 허락해 주었다.

"다시 보는군."

영화루 안의 특실에 들어서자, 그곳에는 화려한 옷을 휘감은 염노가 앉아 있었다. 그는 담뱃대에 약쑥을 채워 넣으며 소하에게 물었다.

"몸은 좀 괜찮나? 강한 자와 싸웠었는데."

"네, 원래 빨리 나아요."

잠시 눈을 가늘게 뜨던 염노는 이내 고개를 끄덕이며 서책을 펴 들었다.

"그래. 우리 하오문에게 정보를 구하고 싶다 들었네. 저번 소협에게 은을 입기도 했으니, 내 이번에는 심각한 정보가 아닌 이상 무료로 해주지. 무엇인가?"

구명지은(求命之恩)은 크다. 염노의 호탕한 제안에 소하는 기쁜 듯 냉큼 말을 이었다.

"천하오절에 대해 알고 싶어요."

"천하오절?"

염노는 고개를 크게 옆으로 기울였다. 당황한 모습에 이설은 문득 웃음이 새어 나오려는 것을 꾹 참았다. 긴 세월 동안 무림인들과 머릿속의 암투를 벌여온 염노가 오랜만에 보인 멍한 표정이었다.

"설마 그들의 이름과 별호를 묻는 건 아닐 테지? 혹시나 싶어서 대답해 주자면 시천마 혁무원……."

"아, 그게 아니에요."

손사래를 치는 소하의 모습에 다행이라는 듯 가슴을 쓸어내린 염노는 이내 담뱃대를 입에 물며 말을 이었다.

"그래, 그랬어야지. 뭔가?"

"천하오절이 사라진 이후의 소식을 듣고 싶어요."

"오절이 사라진 이후의 소식?"

염노는 속으로 허, 하고 크게 혀를 찼다.

'이것 봐라?'

오절이 사라졌다는 건 전 무림 모두가 아는 사실이다. 그런데 염노는 이전 소하가 보여줬던 기묘한 보법을 기억하고 있었다.

'천영군림보를 익힌 꼬마가 오절의 소식을 묻는다?'

이건 분명 무언가의 연관이 있었다.

염노의 눈가가 살짝 찌푸려졌다.

하지만 먼저 말해놓은 게 있으니 대답은 해줘야만 한다.

"자세한 소식을 묻는 거라면… 조금 시간이 걸릴 걸세. 수배(手配)를 내려 보지. 그나마 지금 알고 있는 거라곤……."

"궤에 대한 이야기인가요?"

염노는 허헛, 하고 웃음을 뱉었다. 이설은 문득 염노가 자신을 슬쩍 노려봤다는 것을 깨달았지만, 자신이 말한 게 아니라는 뜻으로 손을 휘휘 저었다.

"벌써 거기까지 소문이 퍼졌던가."

"이야기꾼 아저씨가 알려주셨죠."

염노는 크게 한숨을 내뱉었다. 어느덧 길거리의 이야기꾼들에게까지 그 궤에 대한 소식이 전해졌다면, 이미 사천과 운남을 포함해 주변의 무림인들은 모두 궤에 대해 알고 있다 보는 게 옳을 것이다.

"그래. 그것도 오절과 연관이 있긴 하지."

"하지만 그것보단 다른 쪽을 먼저 알려주셨으면 해요."

"흠……."

염노는 문득 고개를 들었다. 그가 눈짓하는 순간 그의 주변을 지키던 자들이 물러섰고, 아예 방 밖으로 나가 버리고 있었다.

이설은 자신에게로 향하는 염노의 눈을 보았다. 축객(逐客).

그녀는 즉시 문 쪽으로 움직이며 염노를 흘깃 바라보았다.

'무슨 바람이 분 거지?'

염노는 어지간한 일이 아니라면 자기 주변의 사람들을 물리지 않는다.

소하 역시 모두가 나가 버리는 것에 눈을 깜박거리고 있을 뿐이었다.

"이제 주변에는 아무도 없네. 소리가 새어 나갈 염려도 없지. 소협이 걱정스럽다면 내공으로 살펴봐도 무방하다네."

염노는 손을 펼치며 그리 말했다. 그러나 소하는 고개를 저을 뿐이었다.

"믿을게요."

"허허."

염노는 담뱃대를 이로 깨물며 중얼거렸다.

"실로 오랜만에 들어보는 말이로군. 믿는다라……."

나직이 중얼거린 그는, 이윽고 천천히 소하를 바라보며 말했다.

"천영군림보를 어디서 익힌 겐가?"

소하의 눈이 흔들렸다. 그가 갑작스레 이런 말을 던질 줄은 몰랐던 것이다.

"나는 수십 년을 거짓말과 보내왔네. 자네가 거짓말을 하려 한다 해도 충분히 구별 가능하지."

그는 툭툭 재를 턴 뒤 반개한 눈을 반짝였다.

"그저 의문이 드는 것일세. 사라진 천하오절의 자취를 쫓는 소협이, 천하오절 중 십이능파의 천영군림보를 익히고 있다?"

그는 뒤이어 웃음을 지었다.

"아마 나 정도의 눈이 아니라면 구별은 어려웠겠지만, 그때 보여준 건 천영군림보의 삼첩영(三疊影)을 살짝 응용한 게 아니었나."

소하는 조용히 뒷머리를 긁적였다. 이렇게까지 자세하게 안다면, 숨길 수 없다고 느꼈던 것이다.

"네, 맞아요."

"소협에게 캐물을 생각은 없네. 그저… 묻고 싶었지."

잠시 말을 끊은 염노는 소하를 뚫어지게 바라보며 물음을 던졌다.

"왜 우리를 도왔지?"

소하는 언제든지 도망칠 수 있었다. 개인의 힘이라면 당시 영화루에 있는 무림인들 대부분에 비해 소하가 뛰어났으리라. 그렇다면 그는 즉시 몸을 빼 위협으로부터 살아남는 게 더 이득이었을 것이다.

'무슨 대답을 할 거냐.'

염노는 오랫동안 무림에서 살아남아 왔다.

비참하게 엎드려 빈 적도, 심지어는 변뇨(便尿)를 뒤집어쓰면서까지 살아남기 위해 발버둥 친 적도 있었다.

그렇기에 그는 선의(善意)를 믿지 않았다.

사람은 본디 악하다. 그저 허울을 위해 쓰는 것이 선의라는 이름의 가면일 뿐이다. 그렇기에 그는 소하가 위험을 감수하면서까지 자신을 구해준 이유를 그리 추측했다.

하오문의 정보.

천하오절의 무공을 익힌 자라는 것까지 알게 되자 한 가지 생각에 닿게 되었기 때문이다.

'위선(僞善)을 부릴 테지.'

정협(正俠)? 우스운 소리다. 염노는 사람의 거짓을 간파하는 데에 타의 추종을 불허하는 기질을 지니고 있었다. 소하가 늘 어놓는 거짓말에 얼추 살을 붙여 하오문에게 도움이 될 구실을 만들어놓을 생각이었다.

"당연한 거잖아요?"

"뭐?"

달각 소리가 들렸다. 자신이 저도 모르게 담뱃대를 깨문 것 때문이다.

소하는 대체 뭐가 문제냐는 듯, 고개를 갸웃거리며 염노를 바라보고 있었다.

"이설 누나랑, 할아버지가 위험했으니까… 그랬던 거죠."

염노는 소하의 눈을 똑바로 바라보았다.

이제까지 거짓말을 하는 자들을 수천 번도 넘게 만나본 그였다.

생각하려 했다.

무슨 구실을 댈까. 하오문의 정보를 주는 대신, 소협의 그 훌륭한 무공으로 우리들의 작업에 도움을 줄 수 있겠냐고 물어봐야 할까?

아니면, 우리가 뒤를 봐줄 테니 차후 성장할 그의 미래에 투자할 것이라 말해야 할까?

그렇게 말하려 했다.

그랬어야만 했다.

"…허헛."

염노는 허탈하게 웃음을 흘렸다. 소하는 그 반응을 이해할 수 없는지 고개를 기울인 채였다.

"잘못된 건가요?"

"아니, 아닐세."

막바로 대답을 던진 염노는 이내 천장을 올려다보았다.

눈을 똑바로 마주칠 수가 없었다.

'이게 무슨 느낌이지.'

가슴속에서 무언가가 희미하게 둥실둥실 흔들리는 것만 같았다. 기이했다. 수십 년 동안 얼마 느껴보지 못했던 감정이 다시금 고개를 들었던 것이다.

"이 노인이 쓸모없는 질문을 했구먼. 용서해 주게."

"아, 아뇨."

소하가 손을 젓자 염노는 픽 웃은 뒤 고개를 내렸다.

"이걸 받게."

염노는 품속에서 패(牌) 하나를 꺼내 던졌다. 그 안에는 조그마한 글자로 특(特)이란 글씨가 양각되어 있었다.

"어디서나 하오문의 정보를 얻을 수 있도록 하는 패일세. 운요 공자는 그걸 술 마시는 데에나 쓰고 있지만… 소협이라면 제대로 사용할 것 같군."

"감사합니다."

소하의 밝은 표정에 염노는 어색한 미소를 지었다.

"지금은 꿩천도에 대한 정보를 가장 먼저 알려줄 수 있을 것 같군. 그게 가장 유명하니 말일세."

마 노인의 무명. 그 이야기를 들은 소하는 침을 삼키며 고개를 끄덕였다.

"서신으로 만들어 전달을 해주겠네. 우리 애들을 보낼 테니 소협이 피곤할 일은 없겠지."

조금만 더 기다려 달라는 말이다. 그 말에 소하는 고개를 끄덕이며 몸을 일으켰다. 일단 염노가 생각보다 더 호의적으로 행동해 주었기에, 일이 잘 풀려간다는 느낌이었다.

"그리고."

소하가 문을 열고 나가기 전, 염노는 말을 꺼냈다.

"전승자(傳承者)들을 조심하게."

"전승자… 요?"

소하가 의문 어린 시선을 보내자, 염노는 허허 웃음을 토했다.

"소협은 순수하군. 이상할 정도야."

소하를 떠보려 했던 자신이 민망하게 느껴질 정도였다.

"천하오절을 잇는다는 말을 하며 현 무림에서 득세하고 있는 자들이지. 내가 봤던 십이능파의 전승자와… 소협은 많이 달라서 말일세."

전승자?

소하는 놀랄 수밖에 없었다. 그런 자들이 존재했다는 건가.

"할 말은 그것뿐일세."

"네. 정말 감사합니다!"

소하가 웃으며 그리 말하자 염노는 고개를 끄덕였다.

문이 닫힌다.

경쾌한 발걸음이 사라지자, 염노는 담뱃대를 손으로 들어 허공에 흔들어 보았다.

"이게 무슨 짓이더냐, 염노야."

그는 자신의 별호를 중얼거렸다. 이제까지 무림에서 살아가며 이름은 잊어버린 지 오래였다. 그는 염노, 하오문의 정보를 담당하는 자이자 하나의 도구에 지나지 않았다.

그런데 마음이 떨렸다.

마치 그런 생각을 했던 자신이 한없이 비참하게 보일 정도로, 맑은 목소리를 들었기 때문일까.

그는 반백의 머리를 긁적이며 중얼거렸다.

"이상하게도."

후회(後悔)가 남으리라 생각했었다. 감정에 치우친 행동은, 늘 뒤에 생각하면 바보 같다 느끼게 된다. 얼간이, 멍청이 하고 자신을 책망하게 된다.

"후련한 기분이군."

그러나 염노는 그리 중얼거렸다.

*　　　　　*　　　　　*

밖으로 나온 소하는 패를 조심스레 품속에 넣은 뒤, 이설을 찾아보았다. 일단 하오문의 정보를 받게 되면 이설과도 곧 작별이란 생각에서였다.

'어떻게든 먹은 걸 갚아야 할 텐데.'

돈의 중요성을 모르는 소하가 아니었으므로, 그녀에게 진 빚을 갚아야 한다는 생각을 하고 있었다.

멀리 이설이 보이자, 그는 손을 흔들며 앞으로 향했다.

"누나!"

이설의 옆에는 여인 한 명이 더 서 있었다. 낯익은 얼굴, 소하는 그것에 문득 덜컥 멈춰 버리고 말았다.

"아, 소하야. 나왔구나."

이설은 옆쪽에 있는 여인, 자소연에게 소하를 소개하며 빙긋 웃었다.

"기억해? 자 소저."

"아, 분명 저번에……."

비틀거리는 소하에게 손을 내밀었던 여인이었다. 그녀는 소하를 잠시 바라보다, 이내 공손히 포권하며 말했다.

"몸은 좀 괜찮으신가요?"

"아, 네. 괜찮습니다!"

이설의 눈이 가늘어졌다.

'이 녀석, 예쁜 여자한테 엄청 약하구나.'

쩔쩔매고 있던 소하 앞에서 여전히 무표정한 채 있던 자소연은, 이윽고 고개를 살짝 갸웃거렸다.

"몸은 좀 괜찮으신가요? 내상이 심하셨던 것 같았는데……."

"네! 튼튼해요!"

가슴을 치며 그리 말하는 소하의 모습. 묘하게 딱딱한 그 움직임에 자소연은 슬쩍 소매로 입가를 가렸다.

"자 소저가 널 이리로 옮겨주셨어. 그건 기억 안 나지?"

이설의 말에 소하는 눈을 크게 떴다.

"아, 그럼 그때……!"

느꼈던 따스한 누군가의 품은, 자소연의 것이었던 모양이다. 문득 그 말이 흐르자 자소연도 그때가 떠올랐는지 살짝 뺨에 홍조가 떠올랐다.

"상처가 깊어지셨을까 염려가 들었는데, 다행이에요."

입가에 희미한 미소가 남는다. 소하는 헤벌쭉 웃을 뻔한 자신을 억누르며 고개를 굽실거렸다. 옆에서 보던 이설이 잔뜩 놀리고 싶다는 표정을 짓게 만들 정도였다.

그러던 중, 뒤쪽에서 목소리가 들렸다.

"자 소저, 여기 있었군."

땀냄새가 어렸다. 덩치가 큰 무인 하나가 손님들을 어깨로 밀어 젖히며 다가온 것이다.

"맹 소협."

허리에 두툼한 도를 찬 맹학은 소하와 이설을 내려다보며 눈살을 찌푸렸다.

"회동(會同)에 참석하지 않더니만, 이런 곳에 있었소?"

마뜩잖다는 눈빛에 이설은 재빨리 고개를 숙였다.

"군람도(群嵐刀)시군요."

순간 맹학의 눈이 이설을 훑었다. 여자라는 것을 보자 그의 눈에 음심이 어렸고, 곧이어 그녀가 문파의 표식을 아무것도 지니지 않았다는 걸 눈치챘다.

"뭐냐, 네년은."

"하, 하오문에 속해 있는 이설이라고 합니다."

"하오문?"

맹학은 격한 반감을 보였다.

"자 소저, 이런 자들과 어울리지 않는 게 좋소."

자소연은 멍하니 맹학을 바라보고 있을 뿐이었다. 이설의 손이 어쩔 줄 모르다 이윽고 꾹 자신의 옷자락을 쥐었다.

소하와 함께 있기에 느끼지 못했을 뿐, 이것이 하오문에 대한 본래 무림인들의 시선이었다.

"잡문(雜門)을 가까이하게 되면 아미의 명예에 누가 갈 수도 있소. 더군다나 몸을 팔지도 모르는 계집과……."

멀리서 운요는 그 장면을 보았다.

"저놈……!"

맹학은 자신이 속한 천회맹에 대한 우월감이 지나친 자다. 그렇기에 운요는 억지로 자신을 굽히는 것으로 그를 피하려 했지만, 그가 이설에게까지 그런 폭언을 하는 걸 용납할 수는 없었다.

게다가 소하는 소심하고 마음이 여려 보였다. 그런 소하에게까지 힘든 일을 당하게 하기는 싫었다.

다만 그는 조금 늦었다.

"음?"

맹학은 이설의 앞을 가로막은 한 소년을 보았다.

"고개 들어요. 누나."

이설은 흠칫 놀랐다. 하오문의 여인들은 대부분 낮은 신분이다. 더군다나 기루. 그녀가 몸을 팔지도 모른다고 여기는 게 어찌 보면 당연한 일이었다.

하지만 대놓고 그런 말을 들으면 그 기분이 좋을 리 없다.

"뭐냐, 꼬마. 제멋대로 나서면……."

"맹 소협!"

자소연이 놀라 소리를 쳤다. 맹학의 괴력(怪力)은 일찍이 천회맹에 유명한 터였다. 게다가 그는 자신에게 함부로 구는 약자를 용서하지 않는 자였다.

그는 단숨에 소하의 어깨를 부숴놓으려 했다.

"아픈 꼴을 당한다는 걸 모르는……!"

그 순간 소하는 자신의 손으로 맹학의 팔을 붙잡았다.

콰아아앗!

소하의 온몸에서 노란 기운이 분출하나 싶더니, 이윽고 맹학의 팔이 구부러졌다.

"어, 어억……!"

"그 말……."

"선인(善人)보다는 악인(惡人)이 많은 게 이 세상이다. 사는 게 팍팍하니까, 남한테 피해를 입히는 게 당연하다 생각하는 망종(亡種)들이 많거든."

마 노인은 킬킬 웃으며 그리 말했었다.

소하는 맹학의 두터운 팔을 꺾으며, 두 눈을 들어 그를 노려보고 있었다.

"그런 놈들은 한 방 크게 먹여줘라. 어차피 말로 해봤자 못 알아듣는 놈들이 부지기수야."

"취소해."

자소연과 이설의 눈에 경악이 어렸다.

"허……."

멍하니 소하를 바라보던 맹학의 두 눈에 기광이 번득였다.

"그렇게 팔다리가 부러지고 싶다면……!"

그의 팔에 힘줄이 올라온다. 순수한 완력이라면 주위에 당해낼 자가 없다 전해지는 맹학이다. 건방지게 군 소하의 팔을 당장에라도 으스러뜨려 그 앳된 얼굴을 울상으로 만들고 싶었다.

하나 그럴 수가 없었다.

"어?"

맹학은 자신의 손목이 꺾이는 것을 보았다. 동시에 팔꿈치가 접히고, 무릎이 흐늘거리며 쓰러진다.

"크, 으윽!"

소하의 몸에서 치밀어 오르는 내공 탓이다. 맹학의 완력을 가볍게 제압할 수 있을 정도로, 소하의 체내에 머무른 내공의 양은 어마어마했다.

이를 꽉 악물지만 여전히 소하의 손에서 빠져나갈 수 없었다. 마치 제압이라도 당한 듯 온몸이 굳어버린 탓이다.

"취소해."

소하는 싸늘하게 그리 말했다.

'이, 이놈……!'

맹학의 두 눈에서 불똥이 튀었다. 자신이 은밀하게 마음을 주고 있는 자소연의 앞에서 이런 망신을 주다니! 그 순간 맹학은 전력으로 내공을 뿜어내며 천천히 몸을 일으키기 시작했다.

그러나.

콰콱!

소하의 발은 그마저도 용납하지 않는다는 듯 맹학의 가슴을 거세게 걷어찼다.

"크훅!"

침이 쏟아져 나온다. 맹학은 내공을 끌어올리던 중 일격을 받자 격한 충격이 내장을 뒤흔드는 것을 느꼈다.

이설은 너무 놀라 눈을 휘둥그렇게 뜨고 있었다. 평소 그리도 실실 웃고, 마음 약해 보이던 소하가 아니었는가.

"소, 소하야."

"왜 그런 말을 했죠?"

맹학은 눈살을 부르르 떨었다. 움직일 수 없는 상태에서 소하의 목소리만이 귀에 쏘아 박힌 탓이다.

"당신에게 나쁜 짓을 하지도 않았고, 당신이 모르는 곳에서 잘 살아가고 있는 이설 누나한테 어떻게 그런 말을 할 수가 있죠?"

소하의 물음은 원론적이었다.

멀리서 그걸 지켜보던 운요는 고개를 끄덕이며 앞으로 향했다. 소하가 화난 이유를 알 것 같아서였다.

"소하, 이제 그만해."

운요의 목소리가 들리자 소하는 그를 바라보다 천천히 손아귀의 힘을 풀었다.

쿵!

덩치가 큰 맹학이 바닥에 무릎을 꿇고 쓰러졌다. 고개를 숙인 채 침을 줄줄 흘리고 있는 모습. 단내가 뿜어져 나온다.

"맹학이 소저에게 지나친 모욕을 저질렀군."

운요는 그리 말하며 자소연에게 눈짓했다. 알아서 지금 이 상황에 대해 행동을 해달라는 뜻이다. 그것을 알아들은 자소연 역시 재빠르게 앞으로 나섰다.

"아미의 자소연이 사과를 전합니다. 이설 소저."

포권까지 하며 고개를 숙이는 자소연을 보자, 이설은 오히려 자신이 잘못한 양 손사래를 칠 수밖에 없었다.

"아, 아닙니다! 아닙니다! 어, 어찌 자 소저께서……!"

"같은 맹의 일원입니다. 지금 맹 소협이 한 일은… 참(斬)해도 부족함이 없었습니다."

엎드린 맹학의 몸이 부르르 떨렸다. 자소연의 입에서 그러한 말이 나오는 걸 참을 수 없었기 때문이었다.

운요는 소하를 이설의 옆으로 물러서게 한 뒤, 맹학의 어깨를 짚었다. 그가 혹시 큰 내상을 입었다면, 추궁과혈을 해줘야 했기 때문이다.

"흥!"

그러나 그는 운요의 손을 뿌리치며 거칠게 몸을 일으켰다. 마치 짐승처럼 숨을 거세게 내뿜은 맹학은 소하를 죽일 듯 노려보다 몸을 돌렸다.

사람들을 밀쳐 넘어뜨리며 영화루를 나가 버리는 그의 모습에 자소연의 입에서 긴 한숨이 흘러나왔다.

"죄송합니다. 소협, 소저."

자꾸만 고개를 숙이는 그녀를 보며, 이설은 냉큼 소하의 팔을 잡아 흔들었다. 그가 갑자기 왜 이렇게 화가 났는지는 모르겠지만, 마음을 풀었으면 했기 때문이었다.

"소하야."

이설의 목소리에 소하는 잠시 진정을 하려는 듯 바닥을 노려보다, 숨을 푸우 내쉬며 중얼거렸다.

"제가 죄송하죠."

"맹 소협은 워낙 좌충우돌한 분이라… 맹 내에서도 많은 질타(叱咤)를 받곤 합니다. 제가 좀 더 빠르게 주의를 줬어야 했는걸요."

자소연은 진심으로 미안하다는 표정을 짓고 있었고, 결국 소하도 완전히 화를 풀고는 살짝 미소를 머금었다.

"저희는 이제 다른 일을 수행하러 이동할 예정입니다. 두 분과도 이별이겠네요."

"그때는 정말 감사했어요."

소하의 말에 자소연은 잠시 그를 바라보다 이내 고개를 푹 숙였다.

"다시 만나게 된다면 좋겠네요."

그 말과 함께 자소연은 물러났다. 아름답게 풍기는 향기. 마치 선녀(仙女)가 노닐다 간 듯했다.

"이야, 아주 혼이 났구만."

운요가 머리를 긁으며 중얼거리는 것에 이설은 재빨리 소하의 어깨를 붙잡았다.

"소하야! 너!"

"네, 네?"

소하가 얼떨떨하게 되묻자, 이설은 속이 터지겠다는 듯 턱을 들어 흔들더니만 말했다.

"그러다가 무기라도 빼 들었으면 어쩌려고 했어! 맹 소협은 천회맹에서 유명한 사람이라고!"

"누나에게 그런 말을 했잖아요."

이설의 눈이 동그랗게 떠졌다. 소하가 움직인 이유에 대해, 직접 듣고 나자 혼란스러웠던 것이다.

"…하오문은 원래 그런 취급을 받아."

"반드시 그래야만 할 이유가 있나요?"

소하는 그것이 화가 났다. 왜 그는 열심히 자신의 임무를 수행하며 살아가고 있는 이설을, 제 마음대로 재고 치부해 버리는 것인가. 이전 화전민들과 어울리며 농사일을 하던 이설의 모습을 알고 있었기에, 소하는 몸이 먼저 튀어 나가는 것을 느꼈다.

"아무튼, 만약 그랬다가 큰일로 번지면… 네가 다칠 수도 있었어. 심하면 죽을 수도!"

"뭐, 잘 해결됐으니."

운요는 어깨를 으쓱였다. 자소연이 눈치 빠르게 합을 맞춰준 덕에 맹학도 여기서 소하에게 억지로 시비를 걸 일은 없어져 버렸다. 아마 돌아가면 혼나는 것은 맹학이 될 것이다.

"비백신룡이 그런 일을 가만 놔둘 리도 없고 말이야. 결과적으로 소하가 잘한 거지."

그의 어깨를 툭툭 두드린 운요가 웃어 보이자, 이설은 답답하단 표정을 지었다.

"나 때문에 네가 다치는 건 안 돼."

소하는 난감하다는 듯 옆머리를 긁적였다. 이설이 이렇게 행동할 줄은 몰랐다. 그저 소하는 그에게 묻고 싶었던 것이다.

왜 타인에게 함부로 대하는 것일까?

"그런 놈들은 심지(心地)가 약해 빠진 게지. 힘에 취해 헛물을 켜고, 결국 자기가 어떻게 썩어 있는지도 모르는 병신에 불과하다."

척 노인의 말이 떠오른 소하는 붕붕 고개를 흔들어 그것을 지우려 애썼다. 되뇌이기엔 너무 거센 말들이 많았다.

"그나저나, 서두르는군."

천회맹의 갑작스런 등장은 상당히 놀라운 일이었다. 보통 그들이 회동을 한다 하면 주변까지 소문이 퍼지게 마련인데, 소문이 퍼지기도 전에 빠르게 이리로 도착했기 때문이다.

그러던 중 뒤쪽에서 한 남자가 걸어오고 있었다. 이전 염노와 함께 있었던 저환이란 자였다.

"소협, 말씀드렸던 서신입니다."

소하를 찾았던 듯, 그는 소하에게 정보가 적힌 조그마한 종이를 넘겨 주었다.

"벌써요?"

"하오문의 정보는 언제나 신속합니다."

놀란 소하가 그리 묻자, 저환은 당당히 웃어 보일 뿐이었다. 그리고 그는 이설에게도 쪽지 하나를 건네주었다.

"안 좋게 흐르더군."

그는 그리 말한 뒤 다시 자연스레 영화루의 안쪽으로 향하고 있었다. 아침의 영화루는 주루 쪽의 문을 닫고 가운데 마련되어 있는 식당만이 제대로 영업을 시작하는 터였다.

"정보를 의뢰했었나 보군?"

운요가 묻자 소하는 두근거리는 표정으로 서신을 읽어 내렸다.

고대하던 것을 손에 넣어서 인지 종이를 읽어 내리는 눈엔 기대가 서려 있었다.

그런데.

"이럴 수가."

목소리는 이설 쪽에서 났다.

운요와 소하가 동시에 시선을 향하자, 쪽지를 든 채 부르르 떨고 있는 그녀가 눈에 들어왔다.

"이설 누나, 무슨 일 있어요?"

얼굴이 새파랗다. 그녀는 뒤를 돌아보았지만, 염노의 방은 이미 굳건히 닫혀 버린 지 오래였다.

당황한 이설의 모습에 소하는 급히 그녀의 팔을 붙잡았다.

쪽지가 팔랑거리며 빠져나간다.

"이건……."

그걸 붙잡은 운요는 안에 쓰여 있는 내용을 보며 고개를 갸 웃거렸다.

맹(盟). 추궤(追櫃). 망접(網蝶). 생사불명(生死不明).

"무슨 뜻이지?"

소하 역시도 내용을 읽고는 의문스러운 눈을 이설에게로 보 냈다. 잠시 당황하던 이설은, 이내 꽉 입을 닫더니만 소하의 손 을 냉큼 붙잡았다.

"소, 소하야."

덜덜 떨리는 손.

그녀의 눈은 애타게 그를 바라보고 있었다.

"나를… 도와… 도와줘."

＊　　　　＊　　　　＊

"궤를 가진 자가 하오문도였군."

식당. 일단 서서 이야기하기도 뭣하니 배나 든든히 채우자며 운요는 억지로 이설을 끌고 와 자리에 앉혔다. 구석진 자리, 아 무도 접근하지 않는 곳이었다.

듣는 귀가 있다면 이미 운요의 기감에 포착되었을 것이다. 운요는 점소이가 들고 온 따끈따끈한 만두 하나를 입에 집어넣 고 씹으며 중얼거렸다.

"연인인가?"

"은인입니다."

이설은 필사적인 표정이었다. 하얗게 질린 채, 두 손을 무릎 위에서 꼭 쥐고 있었다.

"천회맹은… 궤를 쫓아왔던 거예요."

맹이라 적힌 글자는 천회맹을 뜻하는 것이리라. 그들이 갑작스레 이리로 온 이유? 운요는 허 소리를 내며 중얼거렸다.

"그럼 하오문을 지키러 온 게 아니라, 얼떨결에 습격자들하고 만나기라도 했나 보군. 원래 그다지 의협스러운 놈들은 아니니까."

그는 심드렁하게 그리 말한 뒤 찻물을 들이켰다.

소하는 조용히 이설을 바라보고 있었다.

"아무리 망접에 속한 사람이라고 해도… 백이 넘는 수를 피할 순 없어요."

더군다나 그들은 얼추 그의 궤적을 읽고 있는 터다. 이설은 그것이 두려웠다.

"그렇겠지. 사실상 추살(追殺)이로군. 궤를 가진 쪽은 자기들이 궤를 얻었단 사실을 알리기 싫을 테니."

운요의 목소리에 이설의 어깨가 흠칫 떨렸다.

"그, 그래서… 소하가… 혹시 된다면, 아니, 그, 그렇게 해준다면……."

'구해 달라는 건가.'

운요는 속으로 씁쓸한 기분이 되었다. 하지만 가능할까? 이설은 오히려 소하를 사지(死地)에 몰아넣고 있을 가능성이 높았다.

수많은 세력이 한데 맞부딪치는 장소. 그곳에서 개인이 가지는 힘은 한계가 있다.

이설은 말을 마구 더듬으면서도 벌벌 떨었다. 한심하다는 것을 알고 있다. 주제도 모르고 하는 말임을 알고 있었다.

하지만 그녀에게는 붙잡을 만한 희망이 눈앞의 소하밖에 없었던 것이다.

소하는 침묵하고 있었다.

'내가 대신 거절해 줘야겠군.'

소하가 이런 데에 익숙하지 않다는 건 알 것 같았다. 운요는 목을 가다듬으며 이설을 어떻게든 잘 달랠 말들을 떠올리려했다.

그때 만두를 집는 손이 보였다.

"서둘러 가죠."

소하는 입이 찢어져라 만두를 밀어 넣고는, 우적우적 그것을 씹고 있었다.

둥그렇게 변한 운요와 이설의 눈이 소하에게 향했다. 볼이 빵빵해지도록 만두를 넣은 채 오물오물 입을 움직이고 있는 모습, 아까 한 말과는 전혀 어울리지 않아 보였다.

"뭐, 뭐라고?"

운요가 되묻자, 소하는 꼭꼭 만두를 씹어 삼킨 뒤 말을 이었다.

"얼른 먹고, 움직이죠. 그분에 대한 정보를 더 알아볼 수 있죠?"

소하는 두 번째의 만두를 집어 입으로 욱여넣고 있었다.

"어… 응, 응! 내가, 내가 지금……!"

이설이 황급히 일어서자, 소하는 손을 뻗어 그녀를 제지했다.

가리키는 것은 만두 하나.

이설은 빤히 그걸 바라보다 이윽고 조심스레 손을 뻗었다. 따뜻한 만두를 우적우적 씹고 있는 소하의 모습에 결국 이설역시 한 손으로 만두를 욱여넣었다.

두 명이 볼이 빵빵하게 변한 채 만두를 씹고 있자, 운요는 헛웃음을 흘렸다.

"허허, 참."

그는 남은 만두 하나를 집어 자신의 입으로 넣었다.

'별일을 다 겪어보네.'

옆쪽에서 점소이가 뭐하냐는 눈으로 세 명을 바라보았다.

셋은 아무 말도 하지 않은 채 비장한 표정으로 만두를 입안에 가득 넣은 채 씹고만 있을 뿐이었다.

第五章
추살

스스스스······!

풀들이 스산한 소리를 내뱉는다. 젖어 있는 땅에는 발자국
소리만이 저벅저벅 울리고 있었다.

"잽싼 놈이군."

무인 하나가 숨을 내뱉으며 그리 중얼거렸다. 신발에는 찐득
거리는 진흙이 들러붙기까지 해, 기분이 나쁜 참이었다. 게다가
달빛마저 구름 속에 가려져 한 치 앞도 보이지 않게 되어버리
니, 수색의 의미가 사라지고 있었다.

"이봐, 어차피 너무 늦었어. 주변은 막혀 있으니 내일 아침에
샅샅이 뒤지면······."

푸욱!

"커, 흑……!"

옆에서 걷던 무인의 눈이 일그러졌다. 갑작스레 동료가 신음을 내뱉으며 나동그라졌다. 정확히 무슨 일이 일어난지 알기 힘들어, 그는 들고 있는 횃불을 그쪽으로 내밀려 했다.

그의 눈에 은빛 검봉(劍鋒)이 보였다.

우지직!

뼈가 부러지는 소리. 칼날이 단숨에 갈비뼈를 뚫고 밀려들어 온다.

자신이 찔렸다는 사실을 뒤늦게 인지한 무인은 헛숨을 토해내며 횃불을 떨어뜨렸다.

"이, 이놈……."

칼을 뽑으려 했지만, 이미 찔러 들어온 칼은 한 번 비틀어지며 그의 몸속을 휘저은 뒤였다. 고통에 바들바들 떨던 남자는 기어코 잠잠해지며 쓰러진다.

온몸에 진흙을 뒤집어쓰고 있던 자는 천천히 자리에서 일어서며 쓰러진 무인의 허리춤에 매달린 물병을 붙잡았다.

꿀꺽꿀꺽 목을 넘어가는 물줄기. 그는 물병을 단숨에 비워버린 뒤 무인이 가지고 있던 칼을 자신의 허리춤에 매었다.

"이틀인가."

그는 메마른 목소리로 중얼거렸다. 계속된 추적에 은둔하려 했지만, 적들은 어디서 알아냈는지 계속 그의 뒤를 쫓아오는 중이었다.

'망접(網蝶)은 절대 개인이 아니다.'

하오문의 은밀 기동 조직인 망접. 그 수장인 일접영은 후우하고 길게 숨을 내뱉었다. 품에 느껴지는 단단한 감촉, 아직 그는 궤를 지니고 있었다.

"이곳이 내 무덤인가."

횃불을 밟아 꺼버린 그는 주변에 인기척이 없는 것을 확인한 뒤 다시 어둠 속으로 녹아 들어갔다. 야심해져 서서히 수색도 그만두는 모양이었다.

조금이라도 취침을 해둬야만 했다. 진흙과 수풀 속에 몸을 누인 일접영은 눈을 감으며 조용히 중얼거렸다.

"보고 싶구나."

*   *   *

"넷이 죽었다?"

천회맹의 무인들은 간밤에 있었던 수색에서 나온 결과를 듣고는 어이가 없다는 표정을 지었다. 궤를 가진 자를 찾아내지도 못했을뿐더러, 넷이나 알 수 없는 기습으로 죽어버린 것이다.

"간악한 놈… 이래서 하오문이란 족속들은!"

진흙을 발로 쿵 소리가 나도록 내려친 남자는 씩씩거리며 중얼거렸다. 그는 천회맹에 소속된 뇌력창(雷力槍) 전희원이었다.

비백신룡 상관휘에게 근방의 수색을 명령받고, 지휘권을 지닌 그에게 있어서 이 실책은 컸다. 천회맹 내부에서 무능한 자로 낙인찍힌다면 더 위로 올라갈 수 없기 때문이다.

"더 조밀(稠密)하게 움직여라! 그놈이 도망쳤을 리는 없으니 주변 어딘가에 있을 것 아니냐!"

침까지 튀기며 그리 소리 지르는 그의 모습에 천회맹의 무인들은 난감할 수밖에 없었다.

그들은 실전을 겪은 적이 거의 없는 자들이다.

젊은이들로 구성된 천회맹은 사실상 사투(死鬪)를 겪어보지 못한 이들이 대다수였다. 시천월교와의 싸움에서 패배한 무림이다. 오로지 비무(比武)와 대련(對鍊)이 전부였기에 어둠 속에서 은둔하는 일접영의 기습을 당해내기 어려웠다.

"전 대협."

옆쪽에서 한 남자가 말을 걸었다. 바깥의 경비를 맡긴 자였다.

"뭐지?"

"대협을 뵙고 싶다는 자들이 있습니다. 운남의 소문파인 듯한데……"

전희원은 뒤쪽에서 거들먹거리며 걸어 나오는 자들을 보았다. 덩치가 큰 자, 그리고 자신감이 넘치는 모습으로 주변을 둘러보고 있는 청년이 있었다.

"청옥문의 냉청검 영호일이라고 합니다."

포권을 하는 모습에 전희원의 표정이 살짝 변했다.

"운남삼협(雲南三俠)의 명성은 사천에도 익히 닿았소."

청옥문의 영호일을 비롯한 이 자리의 세 명은 운남에서 꽤나 명성을 떨친 자들이었다.

자신을 알아봐 주는 것에 훗 하고 미소를 던진 영호일은 호방한 목소리로 말을 이었다.

"맹의 힘이 되고자 이 자리에 왔습니다. 저희가 도울 게 있겠습니까?"

전희원의 표정이 밝아졌다.

"오, 마침 이쪽도 손이 부족하던 참입니다."

모두가 목표를 알고 있다.

하지만 그게 무엇인지는 말하지 않았다. 궤를 들고 있는 것은 분명 무림의 하오문에 소속된 일접영이란 걸 알고 있었지만, 그들은 절대 자신들이 그를 잡아 죽이려 한다고 이야기하지 않았다.

그건 옳지 않기 때문이다.

"알겠습니다. 제 동생들과 함께 말씀하신 위치를 수색하도록 하겠습니다."

"든든하군요."

겉치레의 말을 몇 마디 더 던진 전희원은 세 명이 물러서자 옆쪽의 부하에게 속삭였다.

"저 촌놈들을 그때 거기로 보내라. 어차피 사람이 죽어서 비었으니까."

"예."

한편, 사람들과 떨어진 청옥문의 세 남자도 저마다의 이야기를 주고받고 있었다.

"저자는 우리를 어제 사람이 죽었던 곳으로 보내겠지."

"괜찮겠소?"

"사람이 죽었다는 건, 죽인 자가 그 근처에 상주하고 있다는 뜻이다. 수일 동안을 쫓긴 자가 기민하게 도망칠 수 있을 리 없지."

"아하, 일 형은 역시 총명하군."

거한이 그리 말하자 영호일은 빙긋 웃어 보였다.

"죽여 버리고 궤를 부순 뒤, 내용물만 가져가면 된다. 그놈이 파기했다 하면 되는 일."

모두의 입가에 음산한 웃음이 흘렀다.

"식사 시간이니, 그 틈에 이동하자."

옆쪽에서 다가온 조그마한 소년이 그들에게도 주먹밥을 건네주고 있었다.

영호일은 주먹밥을 내미는 소년을 무시한 채 걸음을 옮겼다. 혼자 남은 소년은 어쩔 줄 몰라 하다, 결국 그것을 제 입에 집어넣고 있었다.

터벅터벅 빈 보따리를 든 채 걷던 소년은, 이내 천회맹의 한 병사에게 주먹밥의 가격을 청구한 뒤 기분 좋게 산길을 내려가기 시작했다.

"여기요."

그리고 중간에 잠시 멈춘 소년은 품속에서 조그마한 종이를 꺼내 옆으로 내밀었다. 후드득 움직이는 수풀. 그리고 그 안에서 손이 나와 그 종이를 받았다.

"고마워."

"히히."

흘러내린 코를 쓱 문지른 소년은 이내 보따리를 들고 산 아래로 사라져 갔다.

"저런 어린애도 정보 수집에 이용하는 건가."

운요는 새삼 놀랐다는 듯 중얼거렸다. 소하와 이설, 운요는 지금 수풀 안에 숨은 채로 아이가 건네준 종이를 펴보고 있는 터였다.

"살아남으려면 뭐라도 해야 하죠."

이설은 그리 말하며 종이 안에 써진 내용을 보았다. 아이가 주먹밥을 들고 이곳저곳을 돌아다니며 수집한 내용들이었다.

"아직까진 별일은 없는 듯해요. 게다가 사람이 죽고 있다니……."

"암습을 했단 거군."

이설은 침을 꿀꺽 삼키며 고개를 끄덕였다. 일접영의 무공은 하오문에서도 상급에 속한다. 게다가 그는 온갖 일들을 겪어온 자였기에, 젊고 경험이 없는 천회맹의 무사들에게 섣불리 당하지는 않았을 것이다.

"그나저나 천회맹 놈들. 같은 무림인을 이렇게 핍박해도 되는 건가."

운요는 한숨을 내뱉었다. 하오문의 무인이라면 같은 사천의 문파로 인정해 줘야 할 것이다. 하지만 일찍이 맹학이 보여줬던 것처럼, 하오문을 문파로 인정하지 않는 자들이 많았다.

"저들은 원래부터 그랬어요."

이설은 어두운 표정으로 중얼거렸다.

"약한 자는… 강한 자의 그림자조차 쳐다봐서는 안 되는 세상이니까요."

그녀를 안쓰럽게 바라보던 운요는 이내 한숨을 푹 쉬었다.

"뭐, 그런 세상은 이제 흘러가 버렸으니까."

운요는 가지고 온 칼을 점검하며 그리 중얼거렸다. 혹시나 녹이 슬거나 날이 상하진 않았는지 매일매일 확인해야 하는 것이다.

"운요 님은 대단하시네요."

"편하게 불러줘. 나도 그렇게 부르는걸."

이설은 입을 헙 닫았다. 어찌 구파일방 중의 하나였던 청성파에 소속된 무인을 그리 부를 수 있겠는가. 하지만 그녀는 이윽고 운요가 그녀를 빤히 바라보고 있다는 것을 깨달았다.

"아, 알았어."

"좋아."

주변의 여자들을 무색하게 만들 정도의 미소를 보여준 운요는, 이내 칼을 다시 칼집에 꽂아 넣으며 중얼거렸다.

"칼은 항상 살펴줘야 상하지 않지. 대단하단 건……."

운요의 눈이 슬쩍 뒤로 향했다.

그곳에는 가부좌를 튼 채 명상에 빠져 있는 소하가 있었다.

"저 녀석 같은 경우지."

소하의 내공은 완연히 안정세를 되찾고 있었다. 붉은 가면의 남자에게 내공으로 호되게 얻어맞았으니, 며칠 동안은 요양해야만 할 터였다. 하지만 소하는 언제 다쳤냐는 양 깨끗이 나아버린 게 아니겠는가.

'내가 짐이 될 수도 있겠는걸.'

도리어 자신에게 내상이 남아 있는 터였다. 운요는 그리 생각하며 위쪽을 바라보았다. 몇몇 천회맹의 무인이 순찰을 돌고 있었다.

소하는 조금 시간이 지난 뒤 눈을 떴다. 천양진기를 다시 한 번 체내에 순환시키고 운요가 알려줬던 기감에 대한 연습을 해봤던 것이다.

"우리가 천회맹을 전부 상대할 순 없으니, 몰래 들어가서 그 일접영이란 자를 구해내는 게 제일이겠군."

은밀히 행동하지 않으면 불가능에 가까운 일이다. 운요는 머리를 긁적이며 중얼거렸다.

"저쪽에서 싸움이라도 크게 나줬으면 싶은데."

"아마 그럴 거예요."

"응?"

이설은 소하에게로 눈을 돌렸다. 소하는 후욱 하고 숨을 가다듬으며 천천히 몸을 풀고 있었다.

"이전에도 느꼈던 기운이… 여기에서도 느껴져요, 누나."

이설도 알고 있다는 뜻이다.

순간 그녀의 표정이 굳어졌다.

"설마……."

＊　　　　＊　　　　＊

"중원의 무인들이군."

"호위는 아닌 것 같습니다."

반선의 목소리에 무승은 조용히 고개를 끄덕였다. 멀리서 내려다보기에, 그들의 진형(陣形)은 아무리 봐도 일접영을 호위하는 것이 아니었다. 오히려 그를 서서히 몰아넣어 죽이려 드는 듯했다.

"그들도 궤를 노리는 것이군요."

태다의 판단에 무승도 동의했다. 궤의 존재는 아마 이 무림에서 만박자 척위현을 아는 자들이라면 누구나 흥미를 느낄 만한 것이리라.

"조금 더 기다리고 싶지만 다른 쪽에서의 움직임이 이리로 향하고 있다."

무승의 말에 두 명 다 고개를 끄덕였다.

전 무림에서 이 궤를 주시하고 있다. 천회맹이 차지한다 해도, 아마 뒤늦게 도착하는 다른 무인들과 어떻게든 문제가 불거지게 되리라.

무승은 들고 있는 석장(錫杖)을 꽉 움켜쥐며 중얼거렸다.

"뭉치지 못하고, 결국 서로가 서로를 의심하며 공격하는 저 모습.”

그는 천회맹의 무인들이 가진 은은한 살기를 알 수 있었다.

“역시나 중원인은 어리석군.”

반선과 태다가 빠르게 움직이기 시작한다.

그들의 뒷모습을 바라보며, 무승은 조용히 자신의 가슴에 남은 얼얼한 상처를 어루만졌다.

‘그 꼬마와 비슷한 자들이 더 있을지도 모른다.’

그의 눈에서 노기가 흘러나왔다.

‘이제 더는 방심하지 않는다.’

＊　　　　＊　　　　＊

햇빛이 쨍쨍하게 내리쬐는 시간. 천회맹의 무인들은 침착하게 진형을 펼쳐 서서히 자신들의 탐색 범위를 좁혀가고 있었다.

앞장서서 전열을 지휘하는 몇 명의 무인에게로 시선을 두던 상관휘는 천천히 몸을 돌렸다.

“왔군.”

그곳에는 긴 머리를 뒤로 묶어 넘긴 서생(書生) 한 명이 서 있었다. 문득 보기엔 유약해 보이나, 이자의 이름을 듣게 되면 그러한 태도는 수그러든다.

“영웅이 행차했으니, 그만한 대접을 했어야 하는데.”

“휘, 그런 말은 접어두게.”

제갈세가의 신룡이라 불리며, 시천월교의 패망을 가르는 싸움에서 큰 활약을 한 무인인 제갈위는 그리 말하며 간이로 마련된 의자 위에 앉았다.

　"꽤 많은 곳에서 지원을 받은 모양이군."

　"궤를 찾는 일이니까, 이쪽이 먼저 탈진하면 곤란하지."

　지원. 천회맹이 주변의 문파들에게 은근히 자신들의 세력을 드러내 물건을 받아내는 것을 일컫는다.

　제갈위는 문득 씁쓸해졌지만, 표정으로 드러내지 않으며 말을 이었다.

　"궤에 무엇이 들어 있는지는 알려주던가?"

　"음."

　상관휘는 탄탄한 어깨를 조금 구부리며 몸을 풀었다. 이런 상황에서도 자신의 단련을 게을리하지 않는다. 이것이 바로 그를 천회맹에서 가장 강하다 일컬어지는 오성(五星)에 넣은 이유였다.

　"추론은 가능했지."

　제갈위는 고개를 끄덕였다. 그렇다. 모든 무림이 묵궤를 주시하고 있었다. 다만 제갈위의 마음에 걸리는 것은 한 가지의 의문이었다.

　궤 안에는 무엇이 들어 있는가?

　아무도 알지 못한다. 그저 그 궤를 만들고 무언가를 봉입(封入)한 이가 바로 천하오절의 만박자 척위현이라는 사실만을 알 뿐이다.

"만박자는 워낙 괴팍한 인물이었으니."

"반대가 만만찮았을 텐데."

제갈위가 이리로 온 것은, 상관휘를 비롯한 천회맹 내의 강경파들을 어떻게든 중재하기 위해서였다.

"자네가 온 이유는 알고 있어."

상관휘는 가볍게 그리 맞받았다. 그럴수록 제갈위의 표정은 더욱 어두워져만 갔다.

"소유권을 주장할 걸세."

"전승자들은 늘 그렇지."

상관휘는 어찌하든 문제없다는 듯 어깨만 으쓱이고 있을 뿐이었다. 그는 천상 무골(武骨)이다. 만약 '그'가 이의를 제기한다면, 힘으로 꺾어보라 말할 수도 있는 인물이었다.

"그 안에 있는 게 무공이라면?"

제갈위가 추론한 궤 안의 물건은 바로 그것이었다.

만박자 척위현은 그 괴팍한 기질로 유명하지만, 사실 그가 가진 수많은 재능 중 가장 뛰어난 것은 바로 무공을 다루는 데에 있었다.

열 개가 넘는 무공을 지닌 자는 천하오절에도 없다. 천하제일이라 불렸던 시천마 혁무원도 오로지 시천무검 하나만을 갈고 닦았을 뿐이다.

"만박자라면 능히 그럴 만하지. 아마… 여기 있는 자들 모두가 그걸 원하고 있을 테고."

그는 무공의 창시(創始)보다는 존재했던 무공을 새로이 뜯어

고치는 데에 능한 자였다. 그가 한때 사장되었던 선양지를 다시금 바꿔 자신의 비전절기로 삼았을 때, 그의 손가락 앞에서 수많은 무인이 무릎을 꿇고 패배를 인정해야만 했었다.

"무공이라면 더더욱 '그'가 분노할 걸세."

"이리로 오고 있겠지?"

제갈위는 눈앞의 남자에 대해 자세히 알고 있었다.

그는 분명 강하다. 하지만 그 강함을 감추고도 남을 만큼의 영민함이 자리하고 있었다. 그렇기에 그는 사천의 신룡이라 불리고 있는 것이다.

"하루. 어쩌면 더 일찍일지도 모르네."

"자네는 참 좋은 친구야."

상관휘는 허리를 굽히며 제갈위를 뚫어지게 바라보았다.

"나를 걱정해 주는 이가, 이 무림에는 얼마 없거든."

그의 입가에 호방한 미소가 내걸렸다. 매사에 자신감이 차 있는 이, 그것이 바로 비백신룡 상관휘였다. 제갈위는 깊은 한숨과 함께 고개를 저었다.

"나는 궤를 포기하라고 말하려 왔네. 맹의 분열이 일 수도 있는 일이야."

"고작 해봐야 넷. 그것도 무공의 분류(分流)를 이어받은 정도인 자들을 두려워할 이유가 있나?"

"그들을 한데 묶은 이를 두려워해야만 하겠지."

제갈위의 목소리에 상관휘의 표정이 변했다. 이제까지의 여유로운 감정과 달리, 그 얼굴은 차갑게 굳고 있었다.

"하."

상관휘의 손가락이 꿈틀거렸다.

"그자는 사갈(蛇蝎)일세. 제 손은 더럽히지 않으며, 모든 것을 얻으려 들지."

"차기 맹주가 된다면, 자네뿐만 아니라 세가까지……."

"위. 자네는 생각이 많아."

머리를 긁적인 상관휘는 자리에서 일어섰다.

"본디 책략(策略)이라 하면 제갈세가를 칭하기에 이해는 하지만, 시천월교를 보는 것처럼 그들의 눈치를 볼 필요는 없어."

그는 성큼성큼 걸어 밖을 바라보았다. 그곳에서는 궤를 찾기 위한 움직임이 한창 벌어지고 있었다.

"이제 우리는 자유니까."

미소를 짓는 상관휘의 모습. 그리고 그는 손을 흔들며 걸어가 버렸다.

"필요하다면 자리를 마련해 주겠네. 얼마든지 쉬고 가게나. 친구."

그렇게 혼자 남게 되자, 제갈위는 고개를 떨어뜨리며 망연히 중얼거렸다.

"아니, 그렇지 않네. 휘."

그는 어두운 표정으로 중얼거렸다.

"그저 머리가 바뀌었을 뿐이야. 나는… 이제 아무도 믿을 수 없다네."

천망산의 싸움은 아직도 제갈위의 머릿속을 혼잡하게 어지럽히고 있었다.

"결국, 우리는 시천월교와 조금도 다르지 않았어."

＊　　　　　＊　　　　　＊

"와, 이거 좀 고되네."

"운요 형도 그렇죠?"

이설은 손으로 눈을 가리며 탄식을 토했다. 물론 운요와 소하가 은신(隱身)에 조예가 깊으리라고 예상하지는 않았지만 생각보다 귀찮은 구석이 많았던 것이다.

부스럭부스럭 소리를 내며 운요가 걸어 들어왔다.

"그래도 볼일은 봐야 하니."

소하가 얼른 밖으로 나서는 모습이 보였다. 많이 먹은 건 좋지만, 결정적으로 볼일을 참는 게 버거웠던 것이다. 한참 참았던 운요와 소하는 겨우 이설의 허락을 받고 안쪽의 수풀을 왔다 갔다 이동한 뒤였다.

"하긴, 뭐… 그게 힘들지."

"이런 걸 주로 하는 사람들은 어떻게 참아요?"

소하의 질문에 이설은 잠시 난감한 표정을 짓다 대답을 해주었다.

"그냥 바지에 실례하지."

"으엑……."

"워, 원래 그게 당연한 거야! 왜 운요도 그런 눈으로……!"

이설은 자신이 도리어 이상한 사람으로 몰리는 분위기에 얼른 해명을 했다. 말인즉슨, 한창 몸을 숨기는 자는 조금만 움직여도 기감을 확장시킨 고수들에게 들키기 때문에, 어지간하면 생리현상은 그 자리에서 해결한다는 것이다.

"냄새가 나지 않나?"

"조금씩 말리면……."

이제 서로 제법 친해진 소하와 운요가 그 처리법의 후일에 대해 진지한 토론을 하고 있을 무렵, 이설이 손을 흔들었다.

"그만 이야기해요! 누가 온다!"

그곳에는 더위에 지친 두 명이 두런두런 이야기를 나누며 이리로 걸음을 옮기고 있었다.

"허어, 진짜 덥네."

"땀이 줄줄 흘러."

그들은 옷깃을 펄럭이며 지겹다는 표정을 짓고 있었다. 천회맹의 말단인 그들은 일방적인 수색 명령에 슬슬 지쳐가고 있던 것이다.

"벌써 사흘이야. 그놈, 도망친 거 아냐?"

"뭐… 위에서 아니라면 아닌 거지."

"에휴. 어차피 그거 찾아봤자 우리 것도 아닐 텐데. 뭐하러 이 고생을 해야 하는지."

"누가 아니래. 쉬엄쉬엄 하자구."

그들의 다리가 풀숲 앞을 지나가자, 이설은 슬쩍 눈을 돌려 두 명이 사라져 가는 것을 지켜보았다.

"아직 잡히진 않은 것 같네요."

소하의 말에 이설도 안심했다는 표정을 짓고 있었다. 일단 일접영이 성공적으로 은신을 해내고 있다는 뜻이다.

"좋아. 그럼 일단 조금씩 움직이자. 아직 탐색이 다 끝나지 않은 곳으로 가면……."

"으아아악!"

비명?

세 명의 눈이 뒤쪽으로 향했다. 그리고 희미하게 들려오는 소리.

콰아악!

사람의 살이 터지는 소리다. 방금 전 움직였던 두 명이 누군 가의 습격을 받은 게 분명했다.

이설은 순간 멈칫했다. 그들이 공격을 받은 건 알 수 있다. 하지만 지금 구하러 가야 하는가? 정체가 드러나는 것을 감수 하면서까지?

"소하."

운요는 움찔거리는 소하의 어깨를 짚으며 말했다.

"내가 간다. 너는 이설과 함께 다른 쪽으로 움직여."

당황한 이설의 눈이 자신에게로 향하자, 운요는 빠르게 말을 이었다.

"지금 공격한 놈은 일접영이란 자가 아니야."

운요가 익힌 청량선공은 자연기를 받아들이는 데에 특화된 내공심법이다. 그가 알아챈 상황은 누군가가 그들에게 당당히 접근해 공격을 가했다는 것이었다. 그렇다는 건 천회맹 내에 배신자가 있거나 제삼자의 공격이 들어왔다는 뜻이었다.

"습격이 시작되는 걸 수도 있어."

그렇다면 혼란이 일 수밖에 없다.

바로 지금 움직여야 한다는 뜻이다.

냉철한 운요의 목소리에 소하는 고개를 끄덕였다.

"가요, 누나."

잠시 운요와 시선을 맞춘 소하는 즉시 이설과 뛰어나가기 시작했다. 풀숲을 가르며 사라지는 운요의 모습에 이설은 턱 막혔던 숨을 토해내며 중얼거렸다.

"미안해."

자신이 좀 더 빨리 결정을 내렸어야만 했다.

"아니에요. 그냥……."

소하는 이설과 보폭을 맞춰 뛰며 중얼거렸다.

"믿음직스러운 사람이네요, 운요 형은."

이설도 동감하는 바였다.

"우리도 서두르자."

"네!"

이설은 즉시 소하의 팔을 받아들였다. 그녀의 몸을 가볍게 안아 든 소하의 몸에서 노란 기운이 용솟음친다.

천영군림보.

순간 소하의 몸이 더욱더 가속하며 풀숲을 질주하기 시작했다.

*　　　*　　　*

"흐음. 확실히 제대로 은신을 했군."

청옥문도들은 탐색을 안 한 가장 앞쪽에 배정받았다. 혹시나 일접영의 저항을 고려해 죽어도 별 상관이 없는 그들을 앞세운 것이다.

그러나 영호일에게는 바라던 바였다. 이걸로 궤를 발견한다 해도 자신들이 먼저 빼돌릴 시간이 생긴 것이나 다름없었기 때문이다.

옆쪽에 있는 거한, 문거(汶据)는 이마에 송골송골 맺힌 땀을 닦으며 인상을 찌푸렸다.

"그래도 일 형. 이건 너무한 거 아닙니까? 그 망할 놈이 대체 이 넓은 산 어디에 숨어 있는지 안다고……."

"그러니 다들 흩어져 찾는 것이겠지. 조금만 참아라."

"나, 참. 뭐, 형님 말이니… 웅?"

쩔그렁…….

큰 소리가 울렸다.

순간 문거는 더위에 헛것을 보았다고 생각했다. 아지랑이가 피어오를 정도인 데다, 목과 어깨가 데일 듯이 아프다. 그런 상황이니 환상을 보더라도 이해할 수 있었던 것이다.

방금까지 아무도 없던 앞쪽에서 법복을 입은 무승 하나가 서 있었다.

덩치가 크다고 여겨지는 문거보다도 크다. 그는 석장 하나를 든 채, 방립을 쓰고 이리로 걸어오고 있었다.

"뭐지?"

저자가 하오문의 일원이 아닌가 하는 의심이 들자, 문거는 주먹을 꽉 움켜쥐었다. 어차피 그렇다면 하오문의 무공 따위로는 자신에게 이길 수 없었다.

영호일은 풀숲을 샅샅이 뒤지던 중 고개를 돌렸다. 그 역시 고리가 흔들리는 소리를 들은 것이다.

그리고 고함을 질렀다.

"문거! 피해라!"

콰각!

석장은 단숨에 문거의 쇄골을 내리찍었다. 수십 걸음을 단숨에 도약한 무승은 쇄골에서 가슴팍까지 모조리 무너져 내린 문거의 멍한 표정에서 눈을 돌렸다.

"꿈을 접어라, 중원인들아."

영호일은 뒤로 발을 디뎠다.

'강하다.'

그는 본능적으로 검을 치켜 올렸다. 청옥문의 무공을 갈고 닦았다고는 하지만 그는 자신의 상상을 초월하는 적을 상대로 마주 싸울 생각은 없었다.

그러나.

파콰아아악!

옆에 있던 청옥문도 하나가 몸을 굽혔다.

배에 장력을 얻어맞자, 살점이 터져 나가며 등으로 뼈가 모조리 튀어나온 것이다.

신음조차 내지 못하고 즉사했다.

"이… 런……!"

영호일은 도망치는 것조차 하지 못했다.

눈앞에는 이미 무승이 다가와 있었던 것이다.

"사문(師門)은 이를 감추라 했지만……."

드리운 그림자는 공포만을 안고 있었다. 영호일은 두 다리가 풀리는 것을 느꼈다. 이기지 못한다. 방금 전의 두 명이 무력하게 죽는 것을 보며 이미 깨닫고 있었다.

무승의 손이 가볍게 영호일의 이마를 덮었다.

"지금은 그럴 필요가 없겠지."

파삭!

마치 꽈리처럼 핏물이 터져 나왔다.

영호일의 몸이 땅으로 떨어지자, 무승은 눈을 돌려 주변을 바라보고 있었다.

"마지막 기회를 주마, 중원인아."

그는 아무도 없는 늪 속을 향해 말을 이었다.

"살고 싶다면, 네 스스로 그것을 바쳐라."

무승의 목소리가 울리자 늪 속에서 희미한 거품이 올라왔다.

"원하지 않는다면."

무승의 손바닥이 펼쳐졌다.

그 순간.

콰아아아아!

마치 해일(海溢)이 일어나는 것만 같았다. 그의 장력이 쏟아진 순간 주변의 진흙이 모조리 폭발하며 솟아올랐던 것이다.

그 속에서 빙글빙글 돌며 땅으로 떨어져 내리는 인영이 하나 있었다.

"큭!"

일접영은 땅에 닿는 순간 팔을 뻗어 충격을 최소화한 뒤 고개를 들어 올렸다.

무승은 여전히 굳건하게 서 있는 채로 그를 바라보고 있었다.

"그저 죽을 뿐이다."

하오문의 망접은 누구보다도 은밀하게 정보를 수집하는 기관이다. 그렇기에 하오문에서도 가장 가진 무공이 훌륭한 자들, 그리고 근골이 뛰어난 자들을 선발한다.

그런 기반을 가진 이들에게 가장 먼저 가르치는 것은 바로 '견식(見識)'이다.

적을 보고 판단하라.

내가 이곳에서 도망칠 수 있는지, 도망칠 수 있다면 어떠한 방향과 수단을 택해야 하는지 말이다.

그들에게 있어 치욕은 존재하지 않는다. 정보를 가졌다면, 어떤 식으로라도 살아 하오문에 전달하는 것이 그들의 존재 의의였기 때문이다.

'보이지 않는군.'

하지만 일접영은 무승의 온몸에서 솟구쳐 오르는 잔잔한 비취빛 기운을 본 순간, 저도 모르게 그런 생각이 들었다. 탈출하기 위한 방도가 전혀 보이지 않는다. 죽음 이외에는 갈림길이 존재하지 않는 듯했다.

"품에 가진 궤를 내놓아라."

무승은 조용히 그리 말했다. 주변에는 피범벅이 된 시체들이 있지만, 그의 몸에서 흐르는 기운은 그와 어울리지 않을 정도로 은은했다.

"너희에게 어울리지 않는 것이다."

일접영의 눈가가 꿈틀거렸다. 손아귀를 쥐어보았지만, 검을 붙잡으려 하는 순간 무승의 장력이 자신을 두들길 것만 같았다.

"중원인이 만든 것을 중원인들이 탐내는 건 당연하오."

일접영은 그리 말했다. 무승의 눈가에는 조용한 노기가 배어들어 있었다.

"그렇지. 중원인… 너희들이 일으킨 환란(患亂)이다."

'그는 나를 바로 공격하지 않았다.'

일접영의 머리는 부산하게 돌아가고 있었다. 모름지기 살기위해서라면, 어떤 짓이든 수행하는 망접의 수장이다. 그는 그이유를 품속의 궤에 두었다. 지금 저 무승은 궤가 부서질까 염려해 그에게 쉽사리 공격을 가하지 못하고 있는 것이다.

'그렇다면 생로(生路)가 보인다.'

무승은 한 걸음을 앞으로 옮겼다.

공기가 진동했다. 그의 주변에 있는 기운들이 떨리며 아지랑이를 일으키고 있었다.

"자진해서 내놓는다면 살려주마. 도망가도 돌아보지 않겠다."

"감로(甘露)와도 같군."

일접영은 그리 말하며 옆을 눈짓했다.

"하지만 저들은 그럴 생각이 없어 보이는데."

그 순간 무승의 고개가 옆으로 젖혀졌다.

쐐아아앗!

그의 얼굴이 있던 자리를 관통하는 창. 그것은 땅에 들어박히며 마치 뜨겁게 달궈진 것처럼 연기를 뿜어 올렸다.

"저놈이다!"

뇌력창 전희원은 다른 창 하나를 등에서 빼내며 고함을 질렀다. 그의 주변에서 하나둘씩 모습을 드러내는 천회맹의 무인들이 보이고 있었다.

감시망이 조밀했던 만큼, 죽은 자들의 소식이 빨리 전해졌던 것이다. 일접영은 이를 으득 악물며 서서히 허리를 굽혔다.

"성가시군."

달려드는 다섯 명의 무인을 본 무승은 가볍게 가사를 펄럭였다.

쿠우웅!

한 명의 몸이 마치 무형의 벽에 부딪친 것처럼 고꾸라지며 뒤로 쏟아졌다. 말 그대로 쏟아졌다. 목이 부러지며 뒤로 돌아가고, 몸에 머금은 핏물이 터져 나오며 땅을 적시고 있었다.

그 한 수에 전희원의 눈이 휘둥그레졌다.

'고, 고수다.'

그의 판단은 빨랐다.

"지원을 불러라! 고수다!"

무승은 역겹다는 듯 바닥에서 꿈틀거리는 자를 바라보다 이윽고 왼손을 뻗었다.

"크흑!"

일접영은 그 순간 어깨를 거세게 얻어맞으며 땅바닥으로 쓰러졌다. 우직 소리가 들린 것을 보니, 한 번에 어깨가 부러진 듯했다.

"얌전히 있어라. 어차피… 내놓지 않았으니, 네놈은 살지 못한다."

무승은 그리 말하며 석장을 땅바닥에 꽂았다. 푹 소리를 내며 박혀 들어가는 석장의 모습. 그리고 그는 자세를 넓히며 양손을 허리춤까지 비틀어 넣었다.

그걸 본 전희원은 윽 소리를 내며 창을 다시 한 번 쏘아내었다.

"큰 게 온다! 피해라!"

천희맹의 무인들은 두 부류로 나뉘었다. 재빨리 뒤로 물러서는 자들과 이 정도의 먼 거리에서 뭘 피하라는 건지 이해하지 못라 멀뚱거리는 이들.

그리고 생사가 갈렸다.

무승의 양손이 앞으로 뻗어진 순간, 천지가 뒤집히는 듯한 소리와 함께 비취빛 강기가 쏟아져 나간 것이다.

콰과과과과!

"으아아악!"

전희원은 볼품없이 나동그라지며 그 여파에 데굴데굴 땅을 굴렀다. 무언가가 퍽퍽 터지는 소리와 함께 후두둑 흩뿌려지고 있었다.

힘겹게 땅바닥을 기던 그가 눈을 뜬 순간, 그곳에는 끔찍한 광경이 펼쳐져 있었다.

사람의 하반신들이 무릎을 꿇는다. 여섯 개의 하반신은 무릎을 꿇는 동시에 옆으로 툭 쓰러지고 있었다.

"허, 흐아악……!"

입에서 숨이 토해져 나왔다. 사람이 이 정도로 끔찍하게 죽는 광경을 본 적은 처음이었기에, 전희원을 비롯한 천회맹의 무인들은 경악을 금치 못하고 있었다.

무승은 양손을 내리며 눈살을 찌푸렸다.

"죽고 싶지 않다면 꺼져라."

장력을 뿜어내어 원거리의 적을 친다. 흔히들 장법(掌法)이란 그러하단 걸 알고 있었지만, 지금 눈앞에 보였던 것은 그들의 상상을 아득히 초월하는 것이었다.

"아니."

멀리서 무인 셋이 모습을 드러냈다. 검을 든 자신만만한 표

정의 무인 둘과 두터운 도를 든 장한(壯漢)이다. 그들 중 앞에
선 남자가 무승을 노려보며 말을 이었다.

"죽는 건 너다. 침입자."

"허어."

무승은 석장을 다시 붙잡으며 들어 올렸다. 그의 주변은 벌
써 안개같이 희미한 내공이 퍼져 나간 뒤였다.

"그렇게도 생을 포기하고 싶다면 말리지 않으마. 중원인들
아."

"서장무림……!"

살아남은 이들이 힘겹게 그런 말을 내뱉었다. 이제까지 거의
모습을 드러내지 않았던 세외의 세력이 어째서 지금 나타난 것
인가?

장한이 콧김을 내뿜으며 땅을 질주하기 시작했다. 그와 동시
에, 천회맹의 무인 열댓 명은 모두 전의를 불태우며 무기를 뽑
아 들었다.

"공격해라!"

쏟아지는 고함과 함께 파도처럼 밀려드는 자들을 보며 무승
은 몸에서 은은한 기운을 쏟아낼 뿐이었다.

*   *   *

"적이 나타났다는 건……."

"아마도, 따로 그 궤라는 물건을 노리는 자들인 것 같아."

아미파의 여인들은 부산스럽게 대화를 나누며 이동하고 있었다. 함께 그 궤라는 것을 수색하라는 사태의 명을 받은 것은 좋았지만, 워낙 여승들끼리만 생활하는 아미파이다 보니 남자와 함께 있는 환경 자체가 어색했던 것이다.

그나마 속가제자로서 바깥 생활을 많이 해본 자소연에게 몰려들 수밖에 없었다. 그녀는 다른 이들을 챙기며 앞으로 향하고 있었다.

'공기가 심상치 않아.'

그녀는 내공의 파동을 느끼며 그리 중얼거렸다. 보통 싸움이 아니다. 무언가 큰 위협이 다가오고 있는 것만 같았다.

"저건……?"

한 명이 말을 꺼냈다. 누군가가 이리로 달려오고 있었다. 걸친 것은 이 근처에서 본 적이 없는 피풍의. 그걸 본 자소연은 눈을 부릅떴다.

"사매!"

앞쪽에 서 있던 여성은 멍하니 그 상황을 주시하고 있을 뿐이었다.

달려드는 남자, 반선의 손에 들린 검이 신묘하게 회전했다.

자소연은 다급히 사매의 어깨를 잡아채며 그녀를 잡아당겼다. 내공이 가득 실린 손아귀에서 우득 소리가 날 정도로 사매의 몸을 강하게 쥔 그녀는, 아슬아슬하게 칼날에서 사매를 구해낼 수 있었다.

"아악!"

고통에 나뒹구는 모습. 그러나 자소연은 그녀를 보살필 시간이 없었다.

곡선을 그리며 칼날이 앞으로 쏘아져 나갔다.

쨍!

자소연의 칼날을 막아낸 반선은 인상을 찌푸리며 바로 손목을 회전시켰다.

콰카카카칵!

순간 칼날에 어리는 강한 힘. 반선이 자신들을 죽일 생각이라는 걸 깨달은 자소연의 눈가에 이채가 감돌았다.

"암(庵)!"

그의 검에 휘몰아치는 기운은 마치 폭풍 같았다.

"으윽……!"

자소연은 팔이 울리는 것에 인상을 찌푸렸다. 서로 부딪치는 순간 칼날이 거칠게 손아귀에서 말려들어 오는 기분이 들었다.

반선이 익힌 것은 서장무림의 탈선각후검(奪旋刻逅劍).

접한 자의 궤도를 뒤흔들어 무기를 뺏어내는 검법이었다.

순간 자소연은 자신의 손아귀에서 빠져나가는 검을 보았다. 이제까지 보지 못했던 초식, 더군다나 검을 빼앗는 이러한 기술은 듣도 보도 못한 것이었다.

"죽어라."

반선은 차갑게 그녀를 노려보며 말했다.

"계집!"

오른팔이 옆으로 튕겨 나가 버렸다. 방어할 수가 없다.

자소연은 몸을 비틀어 칼을 피하려 했지만, 그 옆에는 당황해 미처 반응하지 못한 사매들이 있었다.

그녀가 피한다면 그들이 말려들어 버릴 것이다.

그렇기에 움직이지 못했다.

섬광이 일었다.

콰지지직!

반선의 몸이 허공을 날았다. 옆쪽에서 날아온 누군가의 공격을 방어했지만 그 여파를 미처 다 죽이지 못한 탓이다.

마치 번개처럼 순식간에 그녀의 앞에 도달한 소하는 전신에서 바직거리는 내공의 기운을 쏟아내며 다시 땅을 박찼다.

날아가던 반선의 눈가가 일그러졌다.

"또 네놈이냐……!"

그는 즉시 허공에 칼을 휘둘렀다. 이전에는 자신의 무공을 함부로 드러내지 말라는 무승의 말 때문에 제 힘을 발휘해 싸울 수 없었지만, 지금은 달랐다.

"뒈져라!"

쏟아지는 칼날들. 마치 그물처럼 소하에게로 검격이 쏟아지고 있었다.

하지만.

텅텅텅!

땅에서 모래가 솟았다. 반선의 눈이 일그러졌다.

소하가 바닥을 박찬 순간, 그의 모습이 온데간데없이 사라져 버렸기 때문이었다.

사각(死角).

반선은 마치 거대한 불꽃이 자신에게로 쏘아 박히는 것만 같았다.

'두 번 당할 것 같으냐!'

그는 이를 악물며 탈선각후검의 극성을 전개했다. 소하가 쥔 무기를 빼앗고 단숨에 그를 조각내기 위해서였다.

부딪치는 순간 탈선각후검은 기이한 회전을 줘, 상대의 힘을 역이용해 무기를 빼앗는다. 그 탈선각후검의 초식 중 절초인 금령(禽翎)이 반선의 손에서 뻗어져 나갔다.

마치 매가 먹이를 물어뜯듯, 걸리는 즉시 그의 검은 소하의 손목과 어깨를 베어 내릴 것이다.

소하가 칼을 놓지 않았다면 말이다.

"뭐……!"

소하는 칼이 닿는 순간 즉시 손아귀의 힘을 풀었다. 철컥 소리와 함께 앞으로 튀어 나가는 칼의 모습. 반선은 소하가 주먹을 말아 쥐는 것에 눈을 부릅떴다.

반선은 이제까지 무승의 명에 따라 힘을 숨기고 있었다.

하지만 소하도 그랬다.

천양진기 이식의 힘.

소하는 그대로 주먹을 반선에게로 때려 박았다.

콰아아아악!

방어로 내민 팔뼈가 우그러진다.

"크아악!"

반선의 입에서 핏물이 튀어나왔다. 소하의 주먹이 그의 팔을 넘어 갈비뼈를 부수고, 내장에까지 상처를 입혔기 때문이었다.

튕겨 나가 나무에 부딪친 반선은 꿈틀거리며 땅으로 천천히 미끄러져 내렸다.

"괜찮으신가요?"

뒤늦게 쫓아온 이설은 팔에서 피를 흘리고 있는 자소연을 보며 다급히 물었다. 다른 아미파의 여승들도 급히 자신의 옷자락을 찢어 그녀의 팔에 감아주고 있는 터였다.

자소연은 멍한 표정으로 허공을 바라보다 중얼거렸다.

"괘, 괜찮습니다. 그것보다……."

멀리 보이는 것은 반선을 단숨에 침묵시킨 소하와 그의 몸에서 너울너울 흘러나오고 있는 노란 기운이었다.

"저자를 순식간에……."

소하가 다가오자 자소연은 허둥지둥 포권을 취했다.

"소, 소협! 감사드립니다. 하마터면……."

"에이, 아니에요. 그것보다……."

소하는 눈을 감았다. 이전 운요가 했던 것처럼 적의 기운을 찾아보려 했지만, 소하에게는 아직 버거운 것이었다.

잠시 끙끙거리던 소하는, 이내 그녀를 바라보며 말했다.

"이대로라면 여기 사람들이 위험해요. 절 도와주실 수 있으세요?"

그 말에 아미파의 여승들은 모두 눈이 동그랗게 되었다. 자신들이 뭘 할 수 있다는 것인가?

그러나 자소연은 자신의 팔을 묶은 천에 꼭 매듭을 지으며
말했다.

"부디 돕게 해주세요."

＊　　　　＊　　　　＊

챙! 챙!

운요는 칼놀림을 거두며 숨을 골랐다.

눈앞에는 두 팔이 피투성이가 된 태다가 서 있었다.

"이런, 망할……."

최대한 많은 이를 쳐 죽여 무승에게 쏠릴 시선을 자신들에
게 집중시키는 것이 태다와 반선의 계획이었다.

"보아하니 적은 수인 것 같은데."

운요는 숨을 내뱉으며 그리 중얼거렸다.

"죽을 걸 알면서 덤빈 건가?"

태다의 손에서 대답 대신 장력이 뻗어져 나왔다. 그의 마라
장이 땅을 타격하자 큰 소리와 함께 토사가 쏟아져 나가고 있
었다.

하지만 운요는 빠르다.

마치 바람이 몰아치는 것처럼 순식간에 태다의 앞으로 쇄도
하며 그의 몸을 베고 있었다.

촤아악!

길게 가슴을 베인 태다가 비척거리며 뒤로 물러섰다. 그는

셋 중 가장 무공이 모자란 데다, 기민(機敏)한 운요와는 상성이 좋지 않았다.

"이렇게 된 이상……."

태다는 전력으로 내공을 폭출시켰다. 그의 온몸에서 마구잡이로 쏟아져 나오는 기운. 그것은 자신의 잠력을 폭발시키는 일이었다.

'죽으려는 셈이군.'

운요는 자세를 낮추며 그런 태다를 쳐다보았다. 그는 막힌 이상, 자신의 목숨이 꺼질 때까지 모든 힘을 소진할 생각인 듯했다.

그러나.

콰악!

뼈가 부서지는 소리가 일었다.

태다는 눈을 부릅떴다. 자신의 가슴을 뚫고 나온 것은 은빛 칼날이었다.

"이런 망… 할……."

그 순간 칼날에 어린 내공은 태다의 몸을 내부에서부터 파괴했다.

뒤집히는 눈. 그는 순식간에 절명하며 온몸을 퍼드덕댔다.

"후우."

운요는 숨을 거두며 칼을 치켜 올렸다.

태다를 일격에 죽인 자를 확인했기 때문이다.

갑작스런 기습을 벌인 자. 그리고 그 뒤에서 다가오는 자들의 얼굴에는 가면이 씌워져 있었다.

태다를 죽인 자는 붉은 가면을 내리며 천천히 곡도를 빼내고 있었다. 미끄러지며 땅바닥으로 쓰러지는 시신. 그리고 붉은 가면의 남자는 나직이 말을 이었다.

"…시작해라."

그리고 그 순간.

가면을 쓴 자들은 일사불란하게 여러 방향을 향해 흩어지기 시작했다.

"청성의 검수였던가."

그는 천으로 칼에 묻은 피를 닦으며 그리 말했다. 불꽃같은 살기가 넘실거리고 있었다.

운요의 얼굴에 긴장이 드리워졌다.

"이건 예상과 많이, 많이 다른데."

그는 허탈한 목소리로 그리 중얼거렸다.

*   *   *

"상대를 알아보지 못함은 불경(不敬)이다."

석장에 매달려 있는 고리들이 은은한 소리를 내뱉었다. 짤랑거리는 음색, 그것을 들은 무림인들은 저도 모르게 등골이 서늘해지는 것을 느꼈다. 그의 실력을 본 순간 식은땀이 흘러내리고 있었던 것이다.

기세 좋게 덤벼들었던 장한은 몸 한가운데에 둥그런 구멍이

난 채로 땅바닥에 쓰러져 있었다. 장력을 막아내려 했지만, 도가 우그러들며 그대로 몸을 관통해 버린 탓에 얼굴에는 죽기 직전의 경악이 그대로 남아 있는 터였다.

"그 대가는 죽음 뿐."

무승은 조용히 앞을 바라보고 있었다. 그곳에는 오른팔을 잃은 채 절뚝이고 있는 남자와, 머리가 날아가 버린 채 휘청거리며 쓰러지는 한 명이 있었다.

'괴물이다!'

모두 그렇게 속으로 고함칠 수밖에 없었다. 무승은 자신들의 상상을 초월할 정도의 무공을 소유하고 있었던 것이다.

무승은 팔을 잃은 남자를 가만히 바라보다 이내 손을 올렸다.

"내세(來世)에 원(願)을 바라라."

"크윽……!"

그는 어떻게든 행동하고 싶었지만 이미 팔꿈치 아래로 오른팔이 잘려 나간 터였다. 칼을 쥔 채로 땅을 나뒹굴고 있는 손목에 시선을 두던 남자는, 이내 거세게 고함을 질렀다.

"서장의 족속들에게… 오절의 유물을 빼앗길 셈인가!"

피 맺힌 외침. 그것을 들은 몇 명의 무인이 어깨를 움찔거렸다.

그러나 너무나도 두렵다. 일격에 장한이 배를 꿰뚫려 죽었고, 그 틈을 타 검을 휘둘렀던 남자는 팔을 잘렸다.

"주위를 보아라."

무승은 고함을 친 남자를 측은하다는 듯 바라보며 그리 입을 열었다.

"네 말에 나서는 자가 하나라도 있는가?"

천회맹의 무인들은 서로를 쳐다볼 뿐, 쉽사리 나서지 못했다. 당연한 일이다. 자신들의 무공 역시 저들을 넘어서지 못한다. 그렇기에 덤비는 건 곧 죽는 일과 같았기 때문이었다.

"무리를 지을 줄만 알았지, 정작 스스로 나서는 이는 하나 없다."

무승의 석장이 소리를 내며 남자에게로 겨눠졌다.

"그것이 너희 중원이다. 비열하고 졸속(拙速)한 자들이 모인 공간이란 것이다."

비취빛 기운이 점차 짙어진다. 남자의 목숨을 단숨에 앗아가기 위해서였다.

그 순간.

콰라라라랏!

번개가 일었다. 내공을 감싼 창이 뇌전(雷電)처럼 쏘아져 무승의 옆으로 내리꽂힌 것이다.

창을 던진 전희원은 숨을 들이쉬며 이를 악물었다. 팔다리가 덜덜 떨려올 수밖에 없었다. 무승의 엄숙한 눈길이 그에게로 향하자, 차마 견디지 못한 전희원은 머리를 감싸쥐며 주저앉아 버린 터였다.

그러나 전희원의 뒤에서 빛살이 일었다. 다섯 명의 무인. 그들 중 한 명의 손에서 은빛 광채가 쏟아져 나갔다.

채앵!

석장을 비스듬히 기울여 막아낸다. 하지만 무승은 그 공격에 실린 경력을 알아채곤 인상을 찌푸리며 한 걸음을 뒤로 물러섰다.

"제법이군."

"내 쪽에서 할 말이오."

비백신룡 상관휘는 눈살을 찌푸리며 주변에 널려 있는 시체들을 바라보았다.

"미래의 신성(新星)이 될 자들이었소."

"가치를 지니지 못한 돌멩이들이다."

그 말에 상관휘의 양 소매가 즉시 부풀어 올랐다.

내공의 집중. 그것을 본 무승 역시 자신의 무공을 끌어올리며 숨을 내뱉었다. 그러자 순간 그의 몸에 비췻빛이 깃들기 시작했다.

'오성의 금강야차공이다.'

"고절한 무공이로군."

상관휘는 무승이 펼친 무공의 기류에 감탄하며 천천히 앞으로 걸음을 옮겼다. 그의 단단한 팔이 위로 향하며, 허리춤에 매어 있던 검이 제 모습을 드러내었다.

"하지만 천군(千群)이 베지 못하는 것은 없다."

뒤쪽에서 그것을 바라보던 몇 명의 무인이 입을 쩍 벌렸다.

"저게… 천하명장(天下名匠)이 만든 십사병(十四兵)의 하나인가!"

보검(寶劍).

무승의 눈이 순간 가늘어졌다. 무림에 대해서라면 그도 얼마의 정보를 갖고 있었다.

천하명장 연필백(淵疋帛). 그가 만든 열네 개의 무기는 그 예리함과 가진 힘이 상상을 초월해 무림지보(武林至寶)로 분류되어 있는 터였다.

그중 하나를 가졌다는 이 젊은 무인. 무승은 경계심을 돋우며 천천히 석장을 치켜 올렸다.

"음!"

그와 동시에 격렬한 공격이 쏟아져 나갔다. 석장이 흐릿해지더니만, 마치 파도처럼 상관휘의 머리를 부수기 위해 내려쳐졌던 것이다.

"상관 대협!"

몇 명의 애절한 외침이 들렸다. 상관휘 역시도 그와 같은 꼴이 될까 염려했었던 것이다.

하지만 그와 함께 전장에 도착한 무인들은 전혀 움직이지 않았다.

그중의 하나, 제갈위 역시 차분하게 앞을 바라보고 있을 뿐이었다.

캉캉캉캉!

석장이 튕겨 나간다. 무승의 눈이 일그러졌다.

"그 소리가 제법 시끄러워 멀리까지 들렸었지."

상관휘는 검을 내리며 서늘한 눈을 번득였다.

후두둑 소리가 들린다.

그의 석장은, 끄트머리가 부서져 고리가 떨어져 내린 뒤였다.

"이제 조용해졌군."

"놈……!"

장력이 펼쳐졌다. 상관휘는 걸음을 물러서는 동시에 폭풍 같은 검식을 펼쳐내 그것을 흩어낸 뒤 숨을 고르며 무승을 똑바로 바라보았다.

자신의 공격을 흘러낸 상관휘를 보며 무승은 쿵 하고 세게 땅을 굴렀다.

"주제를 깨달아라!"

＊　　　　＊　　　　＊

"소하야, 알고 있지?"

"네."

이전 운요는 소하와 이설과 갈라지기 전 한 가지 말을 남겼었다.

"우리 목표는 궤가 아니야. 일접영이라는 사람의 목숨이지."

그는 그것을 확실히 했다. 일단 무언가를 해내려면 집중을 해야 한다는 말이다. 소하 역시 그것을 알고 있기에 앞으로 달리고 있었다.

이설의 눈이 살짝 옆으로 향했다. 뒤쪽에는 자소연을 포함한 아미파의 무인들이 그들을 뒤따라 뛰어오고 있는 터였다.

'그래도 불안해지네.'

천회맹의 무인들은 하오문을 천대하는 편이다. 시천월교에 의해 억압당하기 전의 무림에 살던 시절을 아직 기억하고 있기 때문이다.

"어?"

달리던 소하는 앞쪽에서 피범벅이 된 채 나무에 기대어 있는 사람을 보았다.

"운요 형!"

그 말에 이설도 당황할 수밖에 없었다. 운요는 앞섶이 피투성이가 된 채로 나무에 기대어 있었기 때문이었다.

"이제 왔군."

그러나 그의 목소리는 지나치게 덤덤했다. 이설과 소하가 놀라 바라보는 것에, 운요는 옷깃을 툭툭 털며 말을 이었다.

"내 피 아니야. 그것보다… 문제가 커졌어."

운요의 손가락이 가리키는 것은 그의 주변에 쓰러져 있는 무인들의 모습이었다. 얼굴을 가리고 있는 가면, 그건 분명 이전 영화루를 습격했던 이들과 같은 가면이었다.

"이건……."

"그놈들도 여기에 나타났다는 건데."

나무에서 떨어진 운요는 깊게 숨을 내쉬며 칼을 다시 부여잡았다.

"그때 그, 빨간 가면을 쓴 놈도 있었다."

소하의 눈이 가늘어졌다. 그자까지 이곳에 도착했다는 건, 사태가 점차 위급해져 간다는 것을 의미했다.

"일단 서두르자. 뒤쪽에… 는 누구시지?"

운요가 얼떨결에 그리 묻자 자소연은 즉시 포권을 했다.

"아미의 사람들입니다."

뒤쪽의 여승들도 빠르게 고개를 숙이고 있는 터였다.

"그럼 어서 가도록 하지요."

출발하는 사람들. 뒤에 남은 소하는 조용히 죽은 자 하나의 가면을 바라보고 있었다. 그들의 가면은 색이 없었지만, 호방한 필치(筆致)로 귀(鬼)라는 글자가 써져 있었다.

"서장무림?"

한편, 앞으로 달려가던 운요는 이전 소하와 싸웠다는 서장무림의 무인들에 대한 이야기를 듣고 놀란 표정을 지었다. 갑작스레 세외 세력이 나타날 줄은 몰랐기 때문이었다.

"아무리 만박자의 물건이라고 해도… 이제까지 은둔하던 서장이 움직일 만한 가치가 있나?"

"그건 나도 잘 모르겠지만, 그들이 강하다는 건 확실해."

소하도 그들의 실력을 강하다고 표현했다. 특히 그 무승, 그는 제 실력을 내보이기 직전 자리를 떠났다.

운요는 멀리서 들리는 내공의 파동을 느끼며 중얼거렸다.

"확실히 어마어마하군."

"만박자 척위현 대협은… 세외와도 연관이 있다고 들었습니다."

뒤쪽에서 문득 끼어든 목소리에 다들 눈을 돌렸다. 그곳에는 조금 부끄러운 표정으로 말을 잇는 자소연이 있었다.

"아마도, 그 침입자들이 서장무림의 인물들이라면… 그 이유 때문이 아닐까요?"

"만박자가 서장무림과 연관이 있다?"

처음 듣는 이야기였다. 아니, 애초에 천하오절의 신위(神威)는 널리 알려져 있지만, 그들의 자세한 배경에 대해서는 그늘 밑에 묻힌 것들이 많았다.

"저도 사태님께 들어서 알고 있었습니다."

아미파의 구영사태는 이전 만박자를 포함한 천하오절과 함께 시대를 보냈던 인물이다. 그렇기에 그녀는 척 노인의 과거에 대해 알았던 것이다.

"그렇다면 그 궤 속의 물건이……."

운요의 중얼거림. 소하 역시 느끼고 있었다.

"서장무림과 연관이 있을 수도 있겠네요."

서서히 넓은 공간이 보인다. 그리고 공기가 떨릴 정도로 강한 내공의 격류가 느껴진다.

'나는.'

소하의 눈이 앞을 향했다.

*   *   *

"훌륭하군."

무승은 솔직하게 그들을 칭찬했다. 그의 어깨와 가슴에는 희미한 혈선이 그어져 있었다. 상관휘의 검과 다른 무인의 도가 만들어낸 결과였다.

그 결과 도를 든 무인은 머리의 일부가 움푹 찌그러진 채 구석에 쓰러져 있었다.

상관휘는 쿨럭이며 핏물을 뱉어내었다. 적의 몸과 부딪친 순간, 만만치 않은 기운이 자신에게로 돌아왔기 때문이다.

'하지만, 이걸로 대충 알겠군.'

상관휘는 칼을 옆으로 휘두르며 다시 자세를 잡았다.

'강력한 외공(外功)을 내가심법과 함께 두르고 있다.'

외공이란 피육(皮肉)을 내공의 힘으로 강화시키는 무공이다. 마치 단단한 쇠와 같이 몸을 방비할 수 있어, 극성에 달한 자는 도검불침(刀劍不侵)에 달한다고들 한다.

무승의 금강야차공은 바로 그러한 효능을 지닌 무공이었다.

상관휘의 몸에서 마치 불꽃같은 열기가 치고 올라왔다. 그역시 이제 제대로 된 힘을 드러내려는 것이다.

'꽤나 하는군.'

무승은 솔직히 상관휘를 인정했다. 더군다나, 뒤쪽에서 계속 이곳을 주시하고 있는 제갈위의 존재도 신경 쓰였다. 그들은 지금 상관휘를 방패로 내세워 무승의 무공이 가진 약점을 알아내려 하고 있는 것이다.

'외공, 장법(掌法)과 석장을 휘두르는 걸로 봐선 봉술(棒術)도 익히고 있다.'

하지만 그 틈. 그의 무공이 가진 틈을 알아내야만 지금 천회 맹의 무인들이 승리할 수 있었다.

상관휘의 발이 땅을 박찼다. 순식간에 꺾어지는 모습. 무승의 석장이 허공을 후려치자 그 순간 상관휘의 검이 은빛 광채를 발했다.

쇄캭!

"팔(叭)!"

그 순간 무승의 손에서 장력이 쏘아져 나갔다. 상관휘의 머리를 단숨에 날려 버리기 위해서였다.

하지만 상관휘는 거세게 몸을 휘돌렸다.

쿠우웅!

둔중한 소리와 함께 땅바닥이 박살 나는 모습이 비쳤다. 제갈위를 비롯한 이들은 모두 먼지구름이 이는 것에 인상을 쓰며 앞을 주시하고 있었다.

목소리가 들렸다.

"출중한 외공이지만."

상관휘는 두 걸음을 물러서며 검을 겨누고 있었다.

"천군은 그마저도 벨 수 있지."

"…확실히, 훌륭한 무기로군."

무승은 뜨끈한 감촉이 가사를 물들이는 것에 손을 들어 상처를 짚었다. 그의 외공이 뚫렸다는 것을 알려주듯, 가슴팍은 일자(一字)로 갈라져 있었다.

"육자진언(六字眞言)을 사절(四節)까지 외게 될 줄은."

그는 조용히 그리 말했다.

"휘!"

제갈위의 찢어지는 고함. 그것에 상관휘의 눈썹이 일그러졌다.

"알고… 있다!"

콰아아앗!

순간 눈앞이 녹광으로 물들었다. 무승의 손에서 뻗어나온 장력이 무시무시한 기세로 상관휘가 서 있던 자리를 가격한 것이다.

소리가 뒤이었다.

콰라라라라라!

귀가 떨릴 것만 같다. 제갈위를 비롯한 무인들은 자세를 낮추며 그대로 그 소음을 견뎠다. 다리가 떨려올 정도의 진동, 그리고 눈을 들었을 때 앞에는 거대한 구덩이가 하나가 만들어져 있었다.

"세상에."

한 무인의 입에서 허탈한 목소리가 흘러나왔다.

허공에서 튕겨 나오는 신형.

상관휘는 땅에 내려앉는 즉시 상체를 숙이며 숨을 토해냈다.

울혈(鬱血)이 토해져 나오고 있었다.

"움직여라! 저자는… 강하다!"

제갈위가 고함을 질렀다. 상관휘가 컥 소리를 내며 피를 뱉는 것에 무승은 덤덤한 목소리를 낼 뿐이었다.

"양기에 집중된 내가심법을 가져서 살았구나. 행운이라 생각해라. 다만……."

무승의 손바닥에서 다시금 비취빛 강기가 휘몰아치기 시작했다.

"다음은 없다."

하지만 무승은 끝을 보지 못했다.

그 순간 허공에서 무인들이 솟구치는 모습이 드러났기 때문이었다.

내려쳐진다.

"으음!"

무승의 석장이 흔들렸다.

상관휘는 전력을 다해 뒤로 뛰었다. 누군가 그의 앞을 가로막으며, 무승에게로 무기를 내려치는 모습이 보였다.

꽈아아앙!

어마어마한 경력이 땅을 진동시킨다.

"놈……!"

붉은 가면의 남자는 곡도로 무승을 내려치며 전신에서 기운을 뿜어 올렸다.

그리고 흰 가면을 쓴 자들의 모습이 드러났다. 그들은 멈춰 있는 천회맹의 무인들 사이를 가로지르며 단숨에 앞으로 질주하고 있었다.

자신의 옆을 스쳐 지나가는 무인을 바라보던 제갈휘는 이윽고 비틀거리는 상관휘를 부축했다.

"휘!"

"윽, 크… 버겁긴 하군!"

상관휘는 핏물을 뱉어내며 눈을 들어 올렸다. 붉은 가면의 남자가 쏟아내는 도격에 무승은 그것을 막아내며 한 걸음 뒤로 물러서고 있었다.

그러나.

제갈위의 눈이 휘둥그레졌다.

"이런!"

"저자는 대체……."

"그게 문제가 아니야!"

제갈위는 손가락을 들어 올렸다. 상관휘의 눈이 그때가 돼서야 옆으로 향했다. 그리고 그 역시 당황할 수밖에 없었다.

흰 가면을 쓴 자들은 쓰러져 있는 일접영을 노리고 달려드는 중이었다.

"궤를 노린다!"

제갈위의 목소리에 눈치가 빠른 몇 명이 무기를 빼 들었지만, 이미 그들은 너무 멀리 가버린 뒤였다.

"크윽, 이 빌어먹을……!"

갑작스레 나타난 제삼세력. 그들이 노리는 것 역시 묵궤였던가!

상관휘는 몸에 힘이 잘 들어가지 않는 것에 비틀거릴 수밖에 없었다.

그런데.

그 순간 옆쪽의 수풀이 비산(飛散)했다.

"으랏차아!"

소하의 발이 가면의 남자 하나를 걷어찬다.

그대로 몸이 꺾이며 날아가 버리는 모습. 소하는 누군가를 등에 짊어진 채로 땅에 착지하는 동시에 원을 그리며 마구 미끄러져 나갔다. 자신의 속도를 주체할 수 없었던 것이다.

"운요 형!"

소하의 고함과 동시에 그에게 업혀 있던 운요는 소하의 등을 밟고 그대로 빛살처럼 쏘아져 나갔다.

칼날이 어우러지며, 일접영의 주위에 있던 자들이 모조리 베여 튕겨 나가는 모습이 보였다.

그리고 운요는 재빨리 일접영의 팔을 붙잡았다.

수풀에서 튀어나오는 다른 사람들의 모습. 그리고 일접영은 그 안에 낯익은 얼굴이 있다는 것에 당황할 수밖에 없었다.

"무사해."

"이게, 대체……."

그는 이설이 입술을 꼭 깨문 채 자신을 붙드는 것을 지켜보고만 있었다.

"잘했다! 어서 이리로 와라!"

제갈위는 고함을 질렀다. 저게 누군지는 모르지만, 적어도 저 가면을 쓴 자들에게서 묵궤를 지켜낸 것이나 마찬가지였다.

상관휘는 겨우 정신을 되찾으며 그들에게 눈을 향했다. 이제 그들이 이쪽으로 오면, 일접영을 회수한 뒤 후퇴하면 끝나는 일이었다.

소하가 일접영을 업고는 방향을 바꾸지 않았다면 말이다.

순간 그 모습에 붉은 가면의 남자와 무승마저도 멈출 수밖에 없었다.

"자, 잠깐! 대체 어디로⋯⋯!"

"그야 당연히."

소하의 온몸에서 노란빛이 솟구쳤다. 당황한 아미의 무인들. 그러나 자소연은 소하의 행동을 이해할 수 있었다.

"도망치는 거지!"

그 순간, 빛살이 수풀을 가르며 쏘아져 나갔다.

멍한 표정을 짓는 제갈위의 모습. 상관휘마저도 어이가 없다는 듯 입을 쩍 벌릴 뿐이었다.

"허어."

"궤, 궤를⋯⋯."

제갈위는 창졸간에 정신을 차릴 수 없어서 당황해하다, 이윽고 소리를 쳤다.

"궤를 가지고 간다! 저놈을 쫓아라!"

＊　　　　＊　　　　＊

일접영은 지금 상황이 어찌 흐르고 있는지 감을 제대로 잡을 수 없었다.

갑작스레 공격을 받은 것은 그렇다 쳐도, 누군가의 품에 안겨 빠른 속도로 도주하게 될 줄은 생각도 못했기 때문이었다.

'하지만 멀리는 무리야.'

소하는 앞에서 나타나는 가면의 무인들을 보며, 빠르게 땅을 박찼다.

순식간에 땅에서 뛰어오른 소하는 곧 옆의 나무를 발로 걷어차며 그 반동으로 한 무인의 앞까지 튕겨 나갔다.

가면을 쓴 자는 즉시 소하와 일접영을 동시에 베려 했지만, 소하의 몸이 옆으로 기우는 동시에 뒤꿈치가 휘둘러졌다.

콰악!

묵직한 소리와 함께 옆으로 날아가 버리는 모습. 일접영은 당황한 눈을 들어 소하에게 말했다.

"너는 누구지?"

갑작스레 자신을 데리고 가는 자라니. 생각조차 하지 못한 일이다.

"이설 누나가 부탁했어요!"

소하는 즉시 달려드는 자들에게서 몸을 숙여 칼날을 피해냈다. 일접영을 안은 상태였기에, 손을 제대로 쓸 수 없었던 것이다.

사아악!

바람을 가르는 칼날. 소하는 즉시 몸을 돌리며 어깨로 그를 들이받았다.

천양진기로 몸을 두른 소하의 돌격은 어지간한 바위를 내던지는 것과 같은 충격을 낳았다.

한 명이 그대로 날아가 기절했는지 축 늘어져 버렸고, 소하는 일접영에게 충격이 가지 않도록 아슬아슬하게 칼날을 피하며 도망칠 길을 찾고 있었다.

"소하!"

뒤쪽에서 날아든 운요는 즉시 소하에게로 칼을 휘두르던 무인에게로 손을 휘둘렀다.

핏물이 인다.

운요는 그를 베어 넘긴 즉시 옆쪽의 무인마저 휩쓸어 버리며 몸을 비틀었다.

"뒤에서 더 쫓아오고 있다."

"아이고."

소하는 한숨을 푹 내쉬었다. 일단 이설도 이쪽으로 도착한 듯싶었다.

"아저씨!"

일접영의 눈썹이 꿈틀거렸다.

"외인(外人)들 앞에서……."

"지금 그럴 때가 아니잖아요!"

그녀는 다급히 일접영을 살폈다. 다행히 목숨에 큰 지장은 없어 보였고, 이설은 그제야 안도의 한숨을 내쉴 수 있었다.

"살아서 다행이에요."

"……"

그는 잠시 침묵하던 중, 주변을 돌아보았다. 뒤쪽에서는 여전히 가면의 남자들이 그들을 쫓고 있는 모습이었다.

"아주 합세해서 쫓아오겠군."

운요는 입술을 깨물며 그리 중얼거렸다. 천회맹과 가면의 남자들은 모두 궤를 노리고 있다. 소하가 대놓고 도망쳐 버림으로써 그들은 모종의 합의를 본 모양이었다.

소하 일행을 멈추게 한 뒤 승부를 내기로 말이다.

"모조리 상대할 수는 없어."

운요의 말에 모두가 동감하는 눈치였다. 일접영마저도 소하를 탓하는 듯한 시선으로 바라보고 있었다.

"이대로라면 전부 죽는다."

그저 죽을 시간이 조금 더 지연되고 무관했던 이설의 목숨까지 위험해진 것뿐이었다. 일접영의 그 목소리에 소하는 냉큼 고개를 숙였다.

놀란 일접영의 눈을 똑바로 바라보며, 소하는 씩 웃었다.

"염려 마세요."

소하는 이설과 눈을 맞춘 뒤, 그녀에게로 일접영을 넘겨 주었다.

"그럼……."

소하는 운요와 함께 몸을 풀며 물었다.

"진짜 궤는 어디 있죠?"

＊　　　　＊　　　　＊

텅! 터텅!

나뭇가지가 부러지며 허공에 파공이 일었다.

경신(輕身)을 활용해 붉은 가면의 남자와 무승이 동시에 가속하는 모습이었다.

두 명은 서로 싸우던 도중, 소하의 도주를 보고는 급하게 방향을 틀어 소하의 자취를 쫓고 있는 터였다.

'궤는 분명 그놈이 가지고 있지 않다.'

일접영이 궤를 가진 채 은신하고 있다? 아무도 그 말을 믿지 않을 것이다. 전 무림이 주시할 만큼 소중한 물건이니만큼, 다른 곳에 몰래 숨겨놓은 뒤 일접영은 따로 활동하며 시야를 어지럽히는 것이 옳은 전략이다.

하지만 그 궤의 위치는 오로지 일접영만이 알고 있다. 무승은 그래서 그를 살려두었던 것이다.

'그 꼬마……!'

무승의 눈가가 일그러졌다. 그는 소하를 기억하고 있었다. 아무리 금강야차공을 얼마 사용하지 않았고 장법조차도 쓰지 않았다지만 그에게 적게나마 내상을 입힌 자다. 무승은 이를 꽉 악물며 다리를 박찼다.

쇄애액!

그는 고개를 돌려 날아오는 나뭇가지를 피했다. 내공을 실어넣어 그것은 마치 송곳처럼 나무등걸에 틀어박히며 우직 소리를 내고 있었다.

'게다가 귀찮은 놈이 따라붙었다.'

천회맹의 무인들은 솔직히 무승의 예상 범위 이내였다. 상관휘와 같은 강자들을 제외한다면 모조리 상대할 수도 있는 수준, 그러나 이 붉은 가면의 남자는 달랐다.

도를 휘두를 때의 힘이 다르다. 제대로 맞받지 않으면 도리어 그가 베여나갈 정도의 수준이었던 것이다.

지금 역시 추격할 때에도 계속하여 끊임없이 방해를 걸어온다. 무승은 그의 목을 당장에라도 날려 버리고 싶었지만 지금은 소하를 쫓는 게 우선이었다.

한편, 붉은 가면의 남자 역시 소하의 행동에 상당히 당황할 수밖에 없었다. 냅다 도망친 것은 예외로 치더라도, 그 속도가 상당히 빨랐던 것이다.

'나이도 얼마 되어 보이지 않는 아이가 이 정도의 경신법을?'

처음엔 간단히 따라잡으리라 생각했었다. 그러나 오히려 속도를 올리지 않으면 점점 멀어져 가는 게 아니겠는가? 붉은 가면의 남자는 무승이 더 빨라지는 것에 그를 다시 견제하기로 마음먹었다.

쏴아아악!

그러나 그가 손을 들어 올렸을 때, 비취빛 장력이 날아와 처박힌다.

굉음과 함께 꺾어지는 나무, 그 위를 주욱 미끄러지던 남자는 곡도를 지팡이 삼아 크게 뛰어 다른 나무에 착지했다.

그와 동시에 다시 튕겨져 앞으로 쏘아지는 몸. 두 명의 경신법은 상당한 수준이었기에, 형편없이 땅에 처박히는 일은 일어나지 않았다.

'저자를 어떻게 해야겠군.'

서장무림의 인물. 어떤 무공을 가지고 있는지 알지 못하는데다 그 힘이 자못 고절하다. 시체들이 어떤 식으로 죽었는지 봤던 남자는 그를 절대로 경시하지 않기로 마음먹었다.

뒤쪽에서 풀숲이 흔들리는 소리가 일었다.

파아앗!

옆쪽에서 튀어나오는 천회맹의 무인들. 붉은 가면의 남자는 잠시 멈칫하다 이윽고 곡도를 휘둘렀다.

"아아악!"

무승을 막으러 나섰던 자는 갑작스런 일격에 가슴을 얻어맞으며 나뒹굴고 있었다.

'어쩔 수 없다.'

그는 인상을 찌푸리며 땅을 박찼다. 지금은 묵궤를 쫓는 것이 가장 우선이었기 때문이다.

그러나.

누군가의 칼날이 공중에서 덮쳐오는 것에 붉은 가면의 남자는 그것을 피할 수밖에 없었다.

경쾌(輕快)하다. 순간 허공에 이지러지는 검격은 그의 몸을 멈추며 뒤로 뛰게 만들었다.

나뭇가지가 부러지며 땅으로 미끄러진다. 주르륵 신발자국을 남기며 물러선 남자는, 이내 무승이 속도를 더 높여 떠나가는 것을 분한 시선으로 지켜보았다.

그리고 그를 멈추게 한 자.

운요는 가볍게 검을 내리며 온몸에서 청명한 기운을 내뿜고 있었다.

"죽고 싶은 건가."

이전, 그는 운요를 죽일까도 생각해 보았지만 궤를 쫓는 것이 우선이었기에 내버려 두었다.

운요의 입가에 살짝 미소가 내걸렸다.

"아쉽지만 그건 아니야. 나는……."

그의 검에 서서히 내공이 휘감기기 시작했다. 청량선공의 전개 때문에, 마치 허공의 구름들이 하나씩 떨어져 나와 검을 감싸는 듯한 모습이었다.

"시간을 벌어야 하거든."

쏴아악!

펼쳐지는 검.

그 빛살에 붉은 가면의 남자는 곡도를 마주 휘둘렀다.

채애애앵!

쇠와 쇠가 부딪히며 맑은 울림을 내뿜었다. 검에 실린 경력이 만만찮은 것에 가면의 남자는 신음을 내뱉었고, 운요는 즉시 손목을 꺾으며 다음 검식을 전개하기 시작했다.

"놈… 그렇게도 죽고 싶다면야!"

붉은 가면의 남자는 폭발하듯 기운을 내뿜으며 노기 섞인 음성을 내뱉었다.

"죽여주마!"

"그렇게 쉽게는 안 될 테니."

검과 도가 거세게 교차한다. 운요는 아슬아슬하게 도격의 여파를 피해내며 눈을 번득였다.

"노력해 보시지."

＊　　　　＊　　　　＊

'잘 되었군.'

무승은 거칠게 발을 놀리며 앞으로 향하고 있었다. 어찌 된 일인지 몰라도, 따라붙던 가면의 남자가 멈춘 듯싶었다.

그는 풀숲을 발로 짓뭉개며 앞쪽의 큰길로 뛰쳐나왔다. 앞쪽에는 천회맹의 무인 하나가 경악한 표정으로 무승을 바라보고 있었다.

그의 손바닥이 휘둘러졌다. 단숨에 그를 거꾸러뜨리려 했던 것이다.

그러나 그 순간 번개가 일었다.

소하는 단숨에 천회맹의 무인을 잡고 옆으로 끌어당겼다. 그것에 그는 아슬아슬하게 머리가 날아가는 참변을 막을 수 있었고, 땅을 구르며 얼떨떨한 표정을 지었다.

"또 네놈인가."

소하는 그의 석장을 피해 그대로 뒤로 뛰었다. 잔영이 흐르며 그대로 미끄러지는 모습. 무승은 소하의 신법이 생각보다 빠르다는 것에 눈살을 찌푸리며 한 걸음을 옮겼다.

뒤쪽에는 미처 피하지 못한 이설과, 일접영이 있었다.

보이는 것은 거대한 절벽. 그 아래로는 강이 흐른다. 막다른 길에 몰린 것이나 마찬가지였다.

"살고 싶다면 궤를 내놓아라."

"그럼 살려줄 건가?"

소하의 당당한 물음에 무승의 눈가가 일그러졌다. 설마 저런 식으로 물어올 줄은 몰랐기 때문이었다.

"보장하지."

"그렇다면……"

소하는 냉큼 품속으로 손을 집어넣었다.

그리고 그 손에 잡혀 나온 것은 묵색의 궤였다.

"잠깐!"

그때 옆쪽에서 나타난 이들이 고함을 질렀다. 두툼한 도를 든 남자, 맹학이었다. 맹학 이외에도 제갈위와 자소연 등 여러 인물들이 모습을 드러내고 있었다.

맹학의 얼굴이 일그러졌다.

"저 망할 놈……! 서장무림과 내통했었나!"

"지금 이게 그렇게 보여요?"

소하는 어이가 없어 그에게 그리 물었다. 그러자 맹학은 이를 드러내며 고함을 질렀다.

"궤를 넘기는 것 자체가 무림에 대한 반역이다!"

"아니, 그럼 우리보고 저 사람한테 죽으라고요?"

소하가 묻자 맹학은 으득 이를 악물었다. 막상 나서기는 했지만, 무승의 시선이 자신에게로 향하는 건 원치 않았기 때문이다.

"저자는 서장의 무인으로 우리 무림에 악의를 품은 세외 악적이오!"

제갈위가 재빨리 나섰다. 무승 역시 눈썹을 꿈틀거리며 그들을 주시했지만, 소하에게서 눈을 떼진 않았다.

"지금 소협이 그 궤를 넘긴다면… 무림에 큰일이 벌어질 수도 있소!"

"그럼 어쩌라는 거죠?"

소하의 목소리는 차가웠다.

제갈위는 그 눈빛에 윽 소리를 뱉었지만, 이윽고 당당히 되받았다.

"우리에게 주시오! 우리가 한데 힘을 합친다면 아무리 강한 저자라고 해도……!"

"당신들은."

소하의 목소리가 제갈위의 말을 단호히 잘라 끊었다.

"이 아저씨를 죽이려고 했잖아요?"

제갈위의 몸이 흠칫 굳었다. 숨을 몰아쉬고 있는 일접영의 모습. 순간 제갈위는 상관휘를 돌아보았지만, 그는 굳은 표정으로 앞을 주시하고 있을 뿐이었다.

"하오문은 묵궤를 넘기지 않았네. 당연한 대가였을 뿐이야."

"사람의 목숨을 빼앗는 게? 같은 무림인으로서?"

소하는 그리 질문하며 숨을 내뱉었다.

은은한 기운이 허공에 번진다. 자소연을 비롯한 뒤쪽의 무인들은 기묘한 기분이 들었다.

"정말로."

소하의 주변에 흩날리는 힘이 점점 커져가는 듯했기 때문이다.

"그게 옳다고 생각해요?"

침 넘기는 소리가 흘렀다. 무승 역시 입을 꾹 다문 채 앞을 주시하고 있을 뿐이었다.

"그… 건……."

제갈위의 목소리가 울렸다.

이상했다. 반박할 말은 산더미처럼 있다. 하오문의 단독 행동, 그리고 묵궤의 존재가 가진 가치에 대해 역설하면 된다. 소하 같은 어린아이는 금방 속여 넘길 자신이 있었다.

그런데 이상했다.

그러한 말을 할 수가 없다. 목구멍이 움직이지 않는다. 마치 그 말이 너무나 역겨운 토사물인 양, 도저히 입 밖으로 튀어나오지 않았다.

"건방진 놈!"

옆에서 맹학이 도를 들고 튀어나왔다.

"감히 천회맹의 행사(行事)에 방해를 하려고 하다니!"

그 순간.

소하의 팔이 움직였다.

콰아아앙!

저릿저릿한 충격. 맹학은 순간 눈을 크게 뜬 채로 물러설 수밖에 없었다.

무승의 손에서 뻗어나간 장력은, 맹학을 노렸었다. 소하는 그것을 자신의 손으로 흩어버리며 무승의 앞을 가로막았고 말이다.

"왜 저자를 보호했지?"

무승이 묻자, 소하는 손을 털며 그를 노려보았다.

"당연한 일이니까."

"허."

무승은 조용히 그리 말하며 방립을 벗었다. 짧게 깎은 머리는 파르라니 머리칼이 자라 있다. 미처 머리 손질을 하지 못한 탓이다.

"무척이나 재미있군."

그의 몸에서 가공할 기운이 폭출해 나오기 시작했다. 소하만이 아니라, 뒤쪽에 있는 제갈위와 상관휘까지 움찔거릴 정도의 기운이었다.

"궤를 넘겨라. 특별히… 너는 살려주지. 또한."

그의 손가락이 소하의 손을 향했다.

"그 궤가 가짜라는 것은 이미 알고 있다."

소하의 눈살이 찌푸려졌다. 이미 눈치를 챘단 말인가?

"그러니 지금 당장……."

타앗!

땅을 박차는 소리.

상관휘는 전력을 다해 검을 내리 갈랐다.

노리는 것은 무승의 몸. 그 순간 무승은 상관휘를 향해 장력을 쏘아냈고, 그는 그것을 흘려내며 고함을 질렀다.

"위!"

제갈위의 눈이 급박하게 옆으로 돌아갔다.

그곳에는 당황한 소하와, 뒤쪽의 일접영이 있었다.

옳지 않다는 것은 안다.

지금 이 말이 비참할 정도로 추하다는 것도 안다.

하지만.

제갈위는 일접영을 가리키며 고함질렀다.

"저자를 죽이고 궤를 빼앗아라!"

고함과 동시에 천회맹의 무인 두 명이 앞으로 달려들었다.

소하가 나서려는 순간 그곳에는 상관휘의 손이 펼쳐져 있었다.

꽈르릉!

장력이 쏟아져 나간다. 무승의 눈가가 일그러졌다. 상관휘는 숨겼던 한 수를 아낌없이 소하에게로 쏘아냈던 것이다.

'이건!'

소하는 즉시 팔을 교차해 장력을 막았다. 그러나 깊숙하게 내부를 두드리는 충격에 어쩔 수 없이 발이 묶일 수밖에 없었다.

맹학은 그 틈을 타 앞으로 달려 나갔다. 놀란 이설이 단검을 휘두르려 했지만, 맹학의 한 손에 그녀는 뺨을 얻어맞고 나뒹굴 뿐이다.

"죽어라!"

맹학의 도가 일접영에게로 내려쳐졌다.

그 순간 그는 뛰었다.

절벽.

일접영의 손에 쥐어져 있던 무언가가 빙글빙글 돌며 떨어져 나간다.

"궤가!"

그 순간, 소하는 이를 악물었다.

콰아아앗!

천양진기의 기운. 그는 즉시 땅을 박차며, 앞을 가로막는 맹학에게로 달려들었다.

"이놈, 너라도 두 동강을……!"

"비켜!"

소하의 발이 휘둘러졌다. 맹학의 손목이 우지직 소리를 내며 부러져 나갔고, 소하는 그의 손아귀에서 빠져나온 도를 움켜잡으며 즉시 절벽 아래로 몸을 날렸다.

"소하야!"

당황한 이설이 비명을 질렀다.

절벽에서 떨어져 내리는 소하의 눈에 순간적으로 궤와 일접영의 모습이 비쳤다.

어느 한 쪽을 붙잡으면, 다른 한 쪽을 놓친다.

그것을 바라본 소하의 발이 절벽을 박찼다.

"닿… 아라……!"

절벽을 박차는 기세로 빙글 돈 소하는 그대로 떨어져 내리며 아무런 망설임도 없이 일접영의 팔을 붙잡았다.

콰아아악!

도를 절벽에 박는다. 천양진기를 이전보다 더 수월하게 사용할 수 있었기에, 소하는 칼날을 꽂아 넣은 즉시 그것에 매달려 몸을 튕겼다.

일접영은 놀랄 수밖에 없었다.

천지가 뒤집히는 듯한 기운. 소하는 칼날의 등 부분을 밟으며 다시 위로 솟아오른 것이다.

일접영을 붙잡은 채 다시 땅으로 착지하는 모습에 모두가 멍한 표정으로 앞을 바라보고 있을 뿐이었다.

"아이고."

소하는 숨을 내뱉으며 중얼거렸다.

"떨어져 버렸네."

"이, 이놈……!"

놀란 모두가 당황해할 무렵, 맹학의 찢어지는 비명이 들렸다. 자신의 손목이 옆으로 휙 돌아갈 정도로 부러져 버렸다는 것을 뒤늦게야 알아챈 것이다.

"크아아악!"

주저앉는 맹학을 무시한 소하는, 이윽고 경악한 상관휘와 제갈위를 바라보았다.

그 둘 역시 자신의 생각을 뛰어넘는 사건이 일어난 터라 바로 결정을 내리기 힘들어 보였다.

오히려 판단이 빠른 쪽은 무승이었다.

땅을 박찬다.

그는 마치 거대한 맹수가 돌진하는 것처럼 누가 막을 새도 없이 절벽에서 아래를 향해 떨어져 내렸다.

"기억하고 있겠다."

소하를 지나치며 그리 내뱉었을 뿐이다.

소하는 그가 강으로 떨어져 내리는 것을 지켜보다 이윽고 고개를 돌렸다.

"뒤로 돌아서 강으로 향해라! 하류(下流) 쪽을 찾는다면……!"

제갈위의 다급한 고함에 몇 명의 무인이 황급히 달리기 시작한다. 상관휘마저도 얼이 빠졌는지 한숨과 함께 검을 내리고 있는 상황이었다.

"이건 큰일이군."

그는 맹학의 손목을 봐주라 말하며 소하를 돌아보았다. 상관휘의 눈에는 명백한 적의가 깃들어 있었다.

"소협은 지금, 소협이 무슨 짓을 한지 알고 있소?"

답은 없다. 소하는 그저, 일접영이 일어설 수 있다며 물러서자 이설의 손을 잡고 그녀를 일으켜 주고 있을 뿐이었다. 새빨갛게 물든 그녀의 뺨, 그걸 보는 소하의 눈이 조금 가늘어졌다.

"사람을 제멋대로 죽이려고 하는 걸 막았을 뿐인데."

천양진기의 기운이 은은히 흘러나온다. 하지만 이상하게도 그것은 주변을 덮힐 정도로 농후한 열기가 되어 몰아닥치고 있었다.

"당신들은……!"

상관휘는 순간 팔을 떨었다. 소하에게서 풍겨져 나오는 내공의 기운은 분명 상당한 수준이었기 때문이다.

당장에라도 싸움이 벌어질 듯 분위기가 팽팽해졌다.

제갈위는 그것을 지켜보다 결국 자신이 나서 어떻게든 지금 이 상황을 중재해야겠다고 마음먹었다.

옆쪽 수풀에서 나는 거대한 굉음이 아니었다면 말이다.

모두의 눈이 옆으로 향했다. 그리고 허공에서 비산하는 가면을 쓴 남자들. 그들 모두는 나타난 순간 칼을 들고 일행들에게로 쏟아지고 있었다.

"또 저들인가!"

상관휘는 고함과 동시에 한 명의 칼을 맞받았다. 천회맹의 무인들 역시 달려드는 이들을 상대하느라 애를 먹고 있는 모습이었다.

그리고 그들 중 격렬한 소음과 함께, 수풀 속에서 뛰쳐나오는 두 명이 있었다.

"운요 형!"

소하는 온몸에서 핏물을 흘리며 나가떨어지는 운요를 보았다. 시간을 끌기 위해 노력했지만, 운요의 힘으로는 한계가 있었던 것이다.

그는 비척거리며 몸을 일으켰다.

"다 같이 덤벼드니 힘들구만."

붉은 가면의 남자는 내려앉으며 주위를 둘러보았다. 아까까지 전해지던 무승의 기운이 온데간데없이 사라져 있었다.

'궤가 없다?'

그는 일접영의 지친 얼굴과 소하를 봤지만, 무승의 모습이 어디에도 보이지 않았다.

"조금 늦으셨어."

운요는 그리 비꼬며 몸을 일으켰다. 베인 상처들에서 점점 핏물이 배어나오고 있었다.

상황을 깨달은 가면의 남자는 곡도를 내리며 조용히 입을 열었다.

"그렇군."

순간 천회맹의 무인 셋이 베여 넘어진다. 가면을 쓴 자들은 핏방울이 떨어지는 칼을 동시에 겨누고 있었다.

진퇴양난(進退兩難)이다.

뒤쪽은 절벽, 그리고 앞은 가면을 쓴 무인들이 가득하다.

"형, 움직일 수 있겠어요?"

"사람 다루는 게 억세구만."

소하의 물음에 운요는 헛웃음을 흘리며 발로 쾅 소리가 나도록 땅을 굴렀다.

"당연하지."

싸우는 수밖에 없다.

그리 판단한 상관휘와 제갈위 역시 칼을 들어 올려 가면의 남자들을 겨냥하고 있었다. 곡도를 어깨에 걸친 붉은 가면의 남자는, 이윽고 조용히 말을 이었다.

"모조리 죽여라."

쏟아져 온다. 그것에 소하는 쓰러진 천회맹의 무인 하나가 쥐고 있던 칼을 붙잡아 뒤로 던졌다.

일접영이 그것을 받아들자, 소하는 즉시 자신도 칼 하나를 붙잡으며 앞으로 뛰쳐나갔다.

붉은 가면의 남자는 의외였는지 고개를 갸웃거렸다.

"생각보다 어리석군."

소하와 운요는 동시에 그에게로 돌진하고 있었던 것이다.

"굳이 죽으러 오다니!"

"그건 댁 생각이지!"

소하는 칼로 곡도를 받아치며 전신에서 노란 기운을 뿜어 올렸다. 천양진기 이식의 발동. 동시에 소하의 몸이 격렬한 움직임을 보이며 두 개의 잔상이 겹치기 시작했다.

"음?"

곡도가 허공을 벤다. 자신의 감각이 소하를 놓친 것이다. 그 순간 운요가 적절하게 끼어들어 오며 그 틈을 놓치지 않고 검을 찔렀다.

카캉!

도가 회전하며 동시에 소하와 운요의 검을 튕겨냈다. 그의 몸에 둘러진 반탄기를 이겨내지 못한 탓이다.

'역시 쉽게는 안 되는군!'

운요는 물러서며 그리 생각했다. 송풍검을 극성으로 펼쳤음에도 그의 반탄기를 제대로 뚫지 못했다. 가면의 남자가 펼치는 도법과 심법은, 아무래도 방어에 상당한 효과를 보이는 모양이었다.

"소하!"

"우아악! 네?"

소하는 달려드는 곡도를 피해내며 뒤로 두 걸음을 물러섰다.

"잠깐만 시간을 끌어줘."

"노력은 해볼게요!"

천양진기를 두른 채 다시 쏘아지는 소하의 모습. 그것에 운요는 가만히 온몸에서 심법을 순환시키기 시작했다. 청량선공이 발현되며 사방으로 푸르른 기운이 엉기고 있었다.

소하의 손이 번쩍였다.

직선적으로 쏘아져 오는 검, 그것을 쳐내던 가면의 남자는 순간 눈을 의심할 수밖에 없었다.

'검로(劍路)가……!'

지(之) 자로 꺾인다고만 생각했었다. 하지만 남자의 근처로 다가간 순간 검로는 다시 한 번 변화해 마치 수십 개의 검봉이 일시에 그를 찔러오는 듯한 형상을 취했다.

백연검로의 일로(一路)인 성수로(晟邃路).

복잡한 변초를 더욱 더 극대화시킨 초식이었다.

카카카캉!

"큭……!"

거기다가 극양기가 실린 공격이었는지라, 받을 때마다 체내가 울려오는 기분이 들 정도다. 소하는 성수로를 남자가 쳐 내기 버거워한다는 걸 확인하자마자 즉시 납작 바닥에 엎드렸다.

순간 여러 개로 나눠지는 소하의 몸. 천영군림보의 삼첩영을 펼치며 소하는 가면의 남자에게로 달라붙기 시작했다.

"언제, 어떤 자세에서든 펼칠 수 있다는 게 백연검로의 장점이란다."

현 노인은 분명 그렇게 말했었다. 가면의 남자 역시 엎드린 상태에서 상체를 비틀며 쏘아내는 검격을 예상하지 못했었는지 신음과 함께 뒤로 물러서고 있었다.

칵!

그의 가면에 칼날이 스치며 길쭉한 상처가 인다.

"놈!"

노한 목소리와 동시에 남자의 손에서 도격이 쏟아져 내렸다. 굉음과 함께 틀어박히는 모습. 그러나 소하의 잔영이 지워지며, 일순간 먼지 속에서 소하의 발이 튀어나왔다.

왼손을 들어 막아냈지만 소하는 그 기세로 튕겨 나가며 거리를 벌렸을 뿐이었다.

"아이고, 힘들어!"

소하의 입에서 소리가 터져 나왔다. 반탄기 때문에 치는 자신에게도 상당한 아픔이 전해져 왔기 때문이다.

'그러고 보니, 할아버지들이 대처법도 말해줬던 것 같은데.'

이상하게 떠오르지가 않는다. 소하는 음 하고 인상을 찌푸리며 한 걸음을 물러섰다.

그 순간 허공을 가르는 도격이 흩어져 버린다. 날아오는 즉시 소하가 흩어버린 탓이다.

그 모습에 남자는 이상함을 느꼈다.

'얼마 전까지만 해도, 내 공격을 제대로 느끼지도 못했었다.'

허공격상의 묘리를 펼쳤을 때 소하는 그게 어디서 어떻게 날아오는지도 모르고 어설프게 피해내곤 했었다. 하지만 지금은 너무도 자연스럽게 그것을 받아내고 있다? 기이할 수밖에 없는 노릇이었다.

소하는 소하 나름대로 기감을 느끼는 법에 대해 얼추 깨닫는 중이었다.

눈으로는 보이지 않지만, 그 미묘한 궤적이 보인다.

이것이 바로 내공을 사용하는 법, 그리고 내공을 가진 자들이 무공을 응용하는 방식이었다.

기격궤도(氣擊軌道).

소하는 날아드는 참격을 베어 흩어버린 뒤, 천천히 검을 들어 올렸다.

"어디서 익혔지?"

남자는 순수하게 의문이 들었다.

강해지는 것에는 노력이 따른다. 당연한 일이다. 그러나 소하의 향상은 그 시간이 너무나도 촉박했고, 이렇게 자연스럽게 얻어낼 수 있는 것이 아니란 생각이 들었다.

그러나 소하는 왠지 모르게 알 수 있었다.

그 잠깐의 시간 동안 익혀낸 것이 아니다. 그저 자신이 몰랐을 뿐이다.

오랜 시간 동안 혈천옥의 노인들은 소하에게 은밀하게 기격 궤도를 보여 왔던 것이다. 그렇기에 소하는 기감을 깨닫는 순간 그것들이 어떻게 작용하는지에 대해 알 수 있었다.

"천하오절."

"뭐라?"

씩 웃은 소하는, 이윽고 천천히 한 걸음을 물러섰다.

"그리고 지금은 나를 보면 안 될 텐데?"

그 순간.

쏴아아아악!

바람을 찢는 소리가 들렸다.

남자는 소하에게 정신이 팔린 탓에 운요가 접근하고 있다는 사실을 알아채지 못했던 것이다.

그는 내공을 전신에 둘렀다. 검격이라 해도 맞는 부분에 집중해 방어해 낸다면 치명적인 부상은 피할 수 있다.

그러나.

멀리서 가면의 남자들을 상대하던 상관휘와 제갈위의 얼굴이 떨렸다.

운요의 손에서 펼쳐지는 것은 푸르른 하늘이었다.

비홍청운.

남자는 결국 곡도를 휘둘렀다. 지금 휘둘러지는 일검에 담긴 경력을 알아봤기 때문이다.

파앗!

손목과 어깨에서 핏물이 튀었다. 순간 곡도를 타고 미끄러진 운요의 검은, 남자의 팔을 베어내며 즉시 다음 초식으로 넘어가고 있었다.

청성의 검은 완직(頑直)하나 천변(千變)하다.

청성이 멸문하기 전, 모든 사람들은 입을 모아 그렇게 말했다.

운요는 어릴 적부터 그들의 선망 어린 시선을 봐왔다.

"너는 청성의 미래이자, 우리의 희망이란다."

스승님은 그에게 그리 말했다.

운요는 마음에 들지 않았다. 자신에게는 너무나 무거운 짐이란 생각마저 들 정도였다.

"큭……!"

검이 비껴나가는 순간, 남자는 운요의 몸에서 마치 날개가 펼쳐지는 듯한 기분이 들었다.

비홍청운의 검은 한없이 넓다.

청운(靑雲)을 가르는 비홍(飛鴻).

그 이름 그대로 순식간에 칠격(七擊)이 허공을 찢으며 남자의 몸에 상처를 입히고 있었다.

팟! 팟! 팟!

온몸에서 핏물이 솟구친다.

남자는 으득 이를 악물었다. 운요의 검은, 약관을 갓 넘은 듯한 애송이가 펼칠 만한 수준을 넘어서 있었던 것이다.

당연하다.

"이 아이만은, 이 아이만은 살려주시오……."

엎드려 빌던 모습은 지워지지 않는다.

아무리 술을 먹어도, 여자를 품어도, 잠이 들어도, 머릿속에 들러붙어 버린 양 절대 지워지지 않았다.

비웃음과 함께 죽어가던 스승의 눈물을 알고 있었다.

그걸 잊어버릴 수 있을 리 없다.

피를 뿌리며 죽어가는 와중에도 자신을 걱정하던 그 목소리를 알고 있다면, 검을 놓을 수 있을 리 없다.

누구에게도 말하지 않았다. 그랬다간 그때의 감정, 그 아픔이 조금이라도 흘러나가 버릴 것만 같았기 때문이었다.

그저, 오로지 단 하나만을 위해.

아무에게도 보이지 않고 끊임없이 수련을 이어왔을 뿐이었다.

운요는 으득 이를 악물었다.

곡도와 거세게 부딪치는 검. 그 순간 운요의 몸은 하늘하늘 흩어지며 남자의 옆으로 이동하고 있었다.

'위험하다!'

남자는 알 수 있었다. 자신이 눈치채지 못한 사이에 운요의 검은 점차 강렬한 힘을 품게 되었던 것이다.

지금 당장 죽이지 않으면 안 된다.

그의 전신에서 무서운 기운이 일어났다. 당장 운요를 두 토막 내려는 심산이었던 것이다.

운요는 전력을 다해 비홍청운의 절초를 펼쳤다.

주위의 모두가 그저 숨을 죽일 수밖에 없었다. 눈을 감는 순간, 그 드넓은 하늘을 놓쳐 버릴 것만 같았기 때문이었다.

남자는 결국 자신의 절기를 사용할 수밖에 없었다. 혈쇄(孑碎)라고 이름 붙인 무공. 그것은 단숨에 운요의 초식을 부수고 그의 몸을 쪼개 버릴 만한 힘을 싣고 있었다.

소하가 끼어들지 않았다면 말이다.

천양진기 이식을 발동한 소하는 운요의 뒤에서 그의 궤도를 피해내며 빠르게 검을 휘둘렀다.

타앙!

도를 튕겨내는 검. 그러나 소하의 검은 그 순간 뭉그러지며 칼밑 부분이 부러져 버리고 있었다.

소하의 극양기를 이겨내지 못한 탓이다.

뺨을 스쳐가는 칼날에 소하는 고개를 비틀며 앞을 노려보았다.

하지만 그걸로 충분했다.

가면의 남자는 자신의 도격이 허공을 가른 것에 인상을 찡그릴 수밖에 없었다.

운요의 몸이 휘돌았다.

마치 선풍(旋風) 같았다. 몰아치는 검격은 찌르기로 변해 반탄기를 두드렸고, 남자는 그것을 우직하게 막아내며 다시 한 번 도를 내리찍으려 했다.

하지만 겹친다.

중첩된 검격은, 이내 그의 방어마저 깨뜨리는 참격으로 변한 것이다.

쿵, 쿵, 쿵!

"크, 으으윽……!"

주르륵 밀려난다.

내공으로 버티고는 있지만, 참격의 계속된 중첩은 그의 입에서 울혈을 토해내게 만들고 있었다.

그리고 마침내.

여덟 개의 검봉이 한데로 뭉쳐 쏟아진 순간, 그것은 마치 거대한 해일처럼 변하며 동시에 남자의 반탄기를 꿰뚫어 버렸다.

소하는 문득 척 노인이 했던 말이 떠오르는 것을 느꼈다.

"반탄기공은 상대하기 버겁지만, 끊임없이 같은 곳을 두들긴다면 어찌어찌 할 만하다. 물론 둔하고 손이 느린 네놈에게는 머나먼 이야기지. 한 번 제대로 본다면 이해할 수 있으려나?"

'그래서였구나.'

소하의 눈이 반짝였다. 운요가 펼치는 검은, 너무도 수려하고 아름다워 단순한 무공이라기보단 마치 검무(劍舞) 같았다.

"크으윽!"

남자의 몸이 들려 날아가며 땅을 나뒹구는 모습이 보였다. 소하 역시 기세를 이기지 못해 뭉그러진 칼자루를 쥔 채로 넘어지며 씩 미소를 지었다.

그 장면을 본 천회맹의 무인 모두가 경악한 표정만을 짓고 있을 뿐이었다.

"…운총(雲叢)."

비홍청운의 절초이자 스승님이 마지막으로 보여줬던 기술이었다.

"이게, 청성의 검이다."

그것의 이름을 중얼거린 운요는 비틀거리며 팔을 내렸다.

굉음이 울렸다.

남자는 땅바닥을 나뒹굴다 손을 뻗는 것으로 몸을 튕겨 올렸다.

자세를 고치며 착지하는 모습, 그는 살짝 비틀거리며 부서진 가면을 붙잡고 있었다.

"…실언(失言)이었군."

부서진 가면의 조각들이 뚝뚝 떨어져 내린다.

그의 턱에서 입가까지가 드러나자, 모두들 숨을 죽인 채 그쪽을 주시했다. 가면을 쓴 자들은 남자가 밀린 순간 거리를 벌리며 물러선 뒤였다.

"얕본 걸 사과하지."

그의 몸에서 기운이 휘몰아치기 시작한다. 운요를 포함한 자들을 명백한 위협으로 인식한 것이다.

위험했다.

비홍청운을 펼친 운요는 내공이 모자란 탓인지 쌕쌕 숨을 내쉬며 한 걸음을 물러서고 있었고, 소하 역시 무기가 뭉그러져 버린 상황이었다.

'낭패로군.'

상관휘는 숨을 고르며 적들을 겨누었다. 어찌 되었든, 지금 상황은 천회맹의 무인들에게 상당히 불리하게 돌아가고 있었다.

그런데.

푸스스스!

수풀이 흔들렸다. 그와 동시에 소하의 눈이 옆으로 돌아갔다.

운요에게 요령을 배운 덕에 기감이 넓어지다 보니, 누군가 이쪽으로 돌진하고 있다는 사실을 알아챈 것이다. 곧 상관휘와 제갈위 역시 그것을 깨닫고는 눈을 돌리고 있었다.

자소연의 모습이 보였다. 그녀는 아까 전 갑작스레 자취를 감췄다 싶더니, 사매들을 데리고 자리에 나타난 것이다.

문제는 그 뒤에 나타난 여인이었다.

승복(僧服)을 입은 여인, 사십 대 정도로 보이는 그녀는 나뭇잎을 타고 뛰어넘어 전장의 가운데에 표홀히 착지했다.

"구, 구영사태께서⋯⋯."

제갈위의 입에서 놀란 목소리가 흘러나왔다.

이번 천회맹의 회동에 아미파가 참가하긴 했지만, 설마 아미의 장문인 격인 구영사태가 직접 발걸음을 옮길 줄은 몰랐던 것이다.

게다가 그녀는 자소연의 말을 듣고는 급히 이리로 발을 옮겼다.

"보아하니."

구영사태는 날카로운 눈을 찡그리며 중얼거렸다.

"얼추 어찌 돌아가고 있는지는 알겠군."

그 순간.

콰아악!

찰나였다. 흰 가면을 쓴 무인 하나가 팔을 퍼덕이며 허공을 날았다.

구영사태의 오른손에서 쏘아진 장력에 격중당한 탓이다.

땅에 떨어졌을 때, 그는 사지가 부러진 채로 절명한 뒤였다.

"너희가 백면(百面)이로구나?"

구영사태의 목소리에 붉은 가면을 쓴 남자는 살짝 고개를 기울였다.

그녀는 이미 그들의 정체를 알고 있는 모양이었다.

'백면……?'

제갈위는 머리를 굴려보았다. 하지만 그의 머릿속에는 전혀 들어 있지 않은 단어였다.

"아미의 구영사태가 표독(慓毒)스럽기로 유명하다 들었지만."

남자는 곡도를 움켜쥐며 중얼거렸다.

"이리도 사나울 줄은 몰랐군."

"너희는 본파(本派)의 제자를 해하려 했다."

자소연과 함께 있던 여승 한 명은 길게 팔을 베인 상태였다. 구영사태의 눈초리가 더욱 매섭게 변하며, 무시무시한 살기가 흘러나오기 시작했다.

"너희 모두의 피를 꺼내어 뿌려도 모자란 일이다."

그 기세에 소하와 운요 역시 움찔거리며 뒤로 물러설 수밖에 없었다.

구영사태의 살기는 너무나도 진득해 가까이 있으면 숨이 막힐 지경이었다.

"그 유명한 난피풍(亂被風)을 견식해 보고 싶긴 하지만… 여기까지겠군."

너무 의외의 출현이 많았다. 서장의 무승부터 시작해, 천회맹의 고수와 청성의 말예까지. 게다가 자신의 도격을 일순 흐트러뜨린 소하까지 있었기에 그는 섣불리 싸움을 걸 수가 없었다.

남자가 땅을 박차자, 곧 가면을 쓴 자들 모두가 일사불란하게 물러서기 시작했다.

단숨에 흩어지는 모습에 자소연은 칼을 움켜쥐며 입을 열었다.

"쫓을까요?"

"아니, 그럴 필요 없다."

싸늘하게 그리 말한 구영사태는, 이윽고 천천히 고개를 돌렸다. 그녀의 눈빛은 마치 한설(寒雪)을 응축해 놓은 듯 차디차 일부를 제외하고는 모두가 시선을 돌릴 정도였다.

"세가에서는 탐욕(貪慾)에 젖은 행동을 하라고들 가르쳤더냐?"

그 말에 상관휘의 이마가 꿈틀거렸다.

"사태. 도움에는 감사드리지만… 명백히 저희는 무림을 위해 행동한 것입니다."

"헛소리."

뒤에서 들려온 목소리에 구영사태의 눈이 옆으로 돌아갔다. 그곳에는 다급히 소하를 붙잡는 이설과 똑바로 선 채 상관휘를 바라보고 있는 소하가 있었다.

"사람을 죽이는 게 무림을 위한 행동인가요?"

"너는 누구지?"

"저, 저를 구해준 분이십니다."

자소연이 황급히 그리 말했다. 구영사태의 성격상, 마음에 들지 않으면 즉시 손을 쓸 수도 있기 때문이었다.

구영사태의 눈이 일접영에게로 향했다.

그는 해쓱해진 표정으로 무릎을 꿇고 앉은 채로 헐떡이고 있었다.

"그런가. 대충 이해했다."

그녀는 고개를 끄덕인 뒤 말을 이었다.

"만박자의 물건은 결국 어찌 되었느냐."

"저, 강 아래로 사라진 것 같습니다."

"저들의 책임을 물어야 합니다."

상관휘는 소하를 가리키며 그렇게 말했다.

이설의 눈꺼풀이 바르르 떨렸다. 소하가 그들에게 저항한 순간, 이리 될 줄 알고 있었기 때문이었다.

지금 천회맹이 이러한 손해를 보면서까지 나선 것은 다 묵궤 때문이다. 그러니 방해를 한 소하를 가만 놔둘 리가 없었던 것이다.

상관휘는 제갈위에게 어서 말을 보태라는 눈짓을 했다.

하지만, 제갈위는 움직이지 않았다. 도리어 생각이 잘 나지 않는다는 듯, 몇 번이고 입을 열었다 닫을 뿐이었다.

결국 상관휘가 말을 이어야만 했다.

"그 묵궤가 가지는 가치가 얼마일지는 아무도 알지 못합니다. 사태, 지금 당장에라도 저자에게 그 책임을 물어……."

"이거 말이에요?"

그 순간 상관휘의 눈이 찢어질 듯 동그렇게 변했다. 아니, 아마 소하를 제외한 모두가 마찬가지일 것이다.

"어… 어?"

이설과 운요도 어이없단 표정을 짓고 있었다. 분명 일접영에게 진짜 궤가 들려 있었지 않았는가?

그 순간 사태를 파악한 제갈위의 입에서 헛숨이 토해져 나왔다.

"설마 그자에게, 정말로… 궤를 넘겨주려 했다는 건가?"

"본 척도 안하긴 했지만요."

소하는 품속에서 꺼낸 궤를 이리저리 흔들어 보였다. 믿을
수 없다는 표정을 짓고 있는 모습들에 구영사태는 심드렁하니
입을 열었다.

"그럼 아무 문제가 없는 것이냐? 네가 그리도 원하는 궤가
저곳에 있으니."

인상을 찌푸렸던 상관휘는, 이윽고 소하에게로 몸을 돌리려
했다.

"잠깐."

꽈지직……!

모두의 귀를 울리는 섬뜩한 소리.

소하는 궤를 쥔 채로 조용히 앞을 바라보고 있었다.

"무, 무슨 짓을 하는 거지?"

상관휘는 당황스러웠다. 자신의 생각대로 일이 풀려가지 않
는 것도 불만스러운데, 지금 눈앞의 소년은 자신의 예상을 완
전히 초월한 행동을 보이고 있었기 때문이다.

"궤는 묵철로 만들어져 어지간한 내공에도 부서지지 않는다
고 들었다만."

구영사태는 고개를 갸웃거렸다. 그녀 역시 예상외의 상황이
눈앞에 도래한 것에 제법 재밌다는 표정을 짓고 있었다.

"그렇지만도 않군."

묵궤에 금이 간다.

소하는 그것을 쥔 채로 가만히 상관휘를 바라보고 있을 뿐

이었다.

"머, 멈춰라! 아무리 무례(無禮)하다 해도……!"

"무례?"

소하의 눈이 일그러졌다.

"이딴 물건 하나 때문에 아무렇지도 않게 사람을 죽이려 드는 너는?"

우지지직!

궤가 서서히 으스러지기 시작했다. 상관휘는 놀라 검을 든 채로 구영사태와 소하만을 번갈아 쳐다보았다.

그러나 구영사태는 나서지 않았다. 그저 조용히 소하를 바라보고 있을 뿐이었다.

"만약 그 만박자라는 사람이 이 자리에 있었다면……."

손 안에서 완전히 부서져 버리는 묵궤의 모습. 그것에 이설은 숨을 헙 하고 삼킬 정도였다.

"멍청한 놈들이라고 욕을 늘어놨을 거야."

"나는 평생 제자를 받지 않았다. 그놈들의 눈짝에 보이는 탐욕이 싫었거든. 떡잎부터 병신인 놈들을 내가 굳이 데리고 갈 필요가 있느냐?"

소하의 도리도리 젓는 고개를 본 척 노인은 처음으로 씩 웃음을 보였다.

"그러니까 여기 갇힌 걸지도 모르지만, 그 일에 후회는 하지 않는다. 무공이란, 힘이란… 가지는 놈에 따라 달라지는 것이니 말이다."

묵궤가 부서진다.

녹고 으스러진 묵궤는 서서히 조각들을 떨어뜨리고 있었다.

그리고 그 안에서 팔랑거리며 떨어지는 종이가 있었다.

다급히 그것을 잡아챈 이설은 안에 적혀 있는 내용을 보고 어깨를 움츠릴 수밖에 없었다.

"세상에."

"거기 무엇이 적혀 있지?"

상관휘는 한 걸음을 앞으로 나섰다. 만약 저곳에 적혀 있는 게 절정의 무공이라면, 당장에라도 자신이 차지해야만 했다.

"읽어보아라."

구영사태의 목소리가 들렸다.

그녀는 검을 지팡이 삼아 짚은 채로 조용히 눈을 감고 있을 뿐이었다.

이설은 믿을 수 없다는 듯 눈을 껌벅이다, 이윽고 천천히 그 내용을 읽기 시작했다.

"인고무족(人苦無足), 득궤망공(得軌望功)······."

제갈위의 눈이 흔들렸다.

사람은 만족하지 못해서 괴로운 법. 궤를 얻어서도 만족하지 못하고 무공을 찾는구나. 병신들.

소하는 문득 헛웃음이 나올 것만 같았다.

저 말을 듣자, 척 노인이 했을 말이 저절로 떠올랐기 때문이었다.

묵궤에는 아무것도 들어 있지 않았다.

그저, 저 말이 쓰인 종이 한 장만이 들어 있을 뿐이었다.

상관휘는 비틀거리며 중얼거렸다.

"만… 박자의 유물이……."

안에는 아무것도 없었다.

있는 것이라고는 이 궤를 가지고 서로 득달같이 싸울 사람들에 대한 비웃음뿐이었다.

"하, 하하!"

순간 웃음소리가 번졌다. 자소연과 아미파의 제자들은 당황한 표정으로 앞을 바라보았다.

그 웃음은 구영사태에게서 흘러나왔던 것이다.

"그래, 그래… 역시 괴상망측한 인간이야. 척위현."

그녀는 그리 중얼거리며 몸을 돌렸다.

"시답잖은 짓들은 관두고 길을 열어라! 돌아갈 터이니."

"아, 예……."

제갈위조차도 어찌할 바를 모르고 있었다.

그리고 구영사태는, 조용히 걸음을 옮기며 중얼거렸다.

"거기 있는 아이들은 나를 따라오너라."

"사, 사태."

그녀는 소하 일행을 불렀던 것이다. 상관휘의 얼굴을 마주 보자 구영사태는 싸늘한 표정을 지었다.

"상관세가주가 보면 아주 좋아할 얼굴이구나. 물러서서 네 아래를 정비해라."

상관휘는 물러설 수밖에 없었다. 묵궤를 완전히 으스러뜨린 소하는 그것을 미련 없이 강으로 던져 버리며 앞으로 걸어 나갔다.

엉망이 된 운요와 이설은 일접영을 부축한 채 조심스레 앞으로 향하고 있었다.

모두의 시선.

운요는 허탈한 웃음을 지었다.

실로 오랜만에 보는 시선들이 섞여 있었기 때문이었다.

'사형이 봤으면 또 울었겠군.'

한편, 소하는 저도 모르게 계속 웃음이 나올 것만 같았다.

'척 할아버지는, 척 할아버지네.'

그렇게 길이 열리고 소하 일행은 구영사태를 따라 산을 내려올 수 있었다.

*   *   *

무승은 젖은 채로 천천히 몸을 일으켰다.

깊숙한 강물. 그는 그곳에서 조그마한 궤 하나를 손에 쥐고 있었다.

"허허."

웃음이 흘러나온다.

하지만 그 얼굴에는 웃음기가 조금도 존재하지 않았다.

"맹랑한 꼬마로다."

우지직!

궤를 통째로 으스러뜨린 무승은, 이내 살기에 젖은 눈을 번득였다. 그들의 목적이 일찌감치 멀어져 버린 것이나 마찬가지였기 때문이다.

주변에서 소리가 들린다. 정찰을 나서던 천회맹의 무인들이 무승의 등장에 그리로 모여들고 있었던 것이다.

그는 살기를 조금씩 피워 올리며 중얼거렸다.

"육도(六道)의 출현을 알리지 말아 달라 했었지만……."

그 순간 주변으로 비췻빛 강기가 휘몰아쳤다. 무승이 자신의 무공을 아낌없이 펼친 것이다.

피보라가 몰아치는 것에 그는 석장을 짚으며 조용히 중얼거렸다.

"나설 수밖에 없겠군."

『광풍제월』 4권에 계속…

초대형 24시 만화방

신간 100%, 샤워실, 흡연실, 수면실(침대석), 커플석, 세탁기 완비

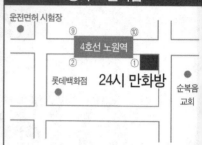

■ 강북 노원역점 ■

운전면허 시험장
⑨ ⑩
4호선 노원역
② ①
롯데백화점　24시 만화방　순복음 교회

서울 노원구 상계동 340-6 노원역 1번 출구 앞 3층
02) 951-8324 (화용빌딩 3층)

■ 일산 정발산역점 ■

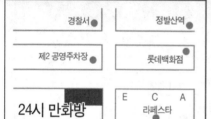

경찰서　정발산역
제2 공영주차장　롯데백화점

24시 만화방

E　C　A
라페스타
F　D　B

라페스타 E동 건너편 먹자골목 내 객잔건물 5층
031) 914-1957

■ 일산 화정역점 ■

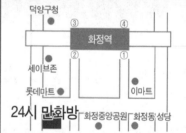

덕양구청
③ ④
화정역
② ①
세이브존
롯데마트
24시 만화방　화정중앙공원　화정동 성당
이마트

경기도 고양시 덕양구 화정동 984번지 서일빌딩 7층
031) 979-4874 (서일사우나 건물 7층)

■ 부천 역곡역점 ■

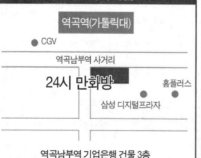

역곡역(가톨릭대)
● CGV
역곡남부역 사거리
24시 만화방　홈플러스
삼성 디지털프라자

역곡남부역 기업은행 건물 3층
032) 665-5525

■ 부평역점 ■

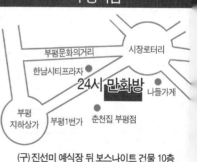

부평문화의거리　시장로터리
한남시티프라자
24시 만화방　나들가게
부평
지하상가　부평1번가　춘천집 부평점

(구) 진선미 예식장 뒤 보스나이트 건물 10층
032) 522-2871

천하제일이란 이름은 불변(不變)하지 않는다!

『광풍제월』

시천마(始天魔) 혁무원(赫撫源)에 의한 천마일통(天魔一統)!
그의 무시무시한 무공 앞에 구대문파는 멸문했고,
무림은 일통되었다.

"그는 너무나도 강했지.
그래서 우리는 패배했고, 이곳에 갇혔다."

천하제일이란 그림자에 가려져 있던 수많은 이인자들.

"만약……"
"이인자들의 무공을 한데로 모은다면 어떨까?"
"시천마, 그놈을 엿 먹일 수도 있을 거야."

이들의 뜻을 이어받은 소년, 소하.
그의 무림 진출기가 시작된다.

Book Publishing CHUNGEORAM

유행이 아닌 자유추구 -
WWW.chungeoram.com

FUSION FANTASTIC STORY

말리브해적 장편소설

MLB
메이저리그

유료독자 누적 1200만!

행복해지고 싶은 이들을 위한 동화 같은 소설.

『MLB-메이저리그』

100마일의 강속구를 던지는
메이저리그의 전설적인 괴짜 투수 강삼열.
그가 펼치는 뜨거운 도전과 아름다운 이야기!
승리를 위해 외치는 소리─

"파워업!"

그라운드에 파워업이 울려 퍼질 때,

전설이 시작된다!

Book Publishing CHUNGEORAM

윙윙이 아닌 자유추구 -
WWW.chungeoram.com

이경영 판타지 장편소설

FANTASY FRONTIER SPIRIT

그라니트

용들의 땅

GRANITE

사고로 위장된 사건에 의해 동료를 모두 잃고 서로를 만나게 된 '치프' 와 '데스디아'.
사건의 이면에 상식을 벗어난 음모가 있음을 알게 된 둘은
동료들의 죽음을 가슴에 새긴 채 각자의 고향으로 돌아간다.
2년 후, 뜻하지 않게 다시 만난 두 사람은 동료들의 복수를 위해
개척용역회사 '그라니트 용역' 을 설립해 다시금 그 땅을 찾게 되는데……

용들이 지배하는 땅 그라니트!
그곳에서 펼쳐지는 고대로부터 이어지는 운명적 만남,
깊어지는 오해, 그리고 채워지는 상처.

『가즈 나이트』시리즈 이경영 작가의 미래형 판타지 신작!

Book Publishing CHUNGEORAM

FUSION FANTASTIC STORY

인기영 장편소설

리턴 레이드 헌터

Return Raid Hunter

하늘에 출현한 거대한 여인의 형상……
그것은 멸망의 전조였다.

『리턴 레이드 헌터』

창공을 메운 초거대 외계인들과
세상의 초인들이 격돌하는 그 순간.
인류의 패배와 함께 11년 전으로 회귀한 전율!

과연 그는, 세계의 멸망을 막을 수 있을 것인가.

세계 멸망을 향한 카운트다운 속에서 피어나는
그의 전율스러운 이야기!